光さす道の途中で

杉原理生

幻冬舎ルチル文庫

CONTENTS ✦目次✦

光さす道の途中で

✦カバーデザイン＝吉野知栄（CoCo.Design）
✦ブックデザイン＝まるか工房

イラスト・三池ろむこ ✦

光さす道の途中で

1

校門までのゆるやかな坂道は桜並木になっていて、春になると白くやわらかい光が辺りを染めた。

思い出は美化されるものだとよくいうけれども、あの頃のぼくがしっかりと目線をあげて、散りゆく桜に見惚《みと》れたことなど一度もないのに、高校時代を思い出そうとすると、なぜかあの桜並木の情景が鮮やかに目に浮かぶのだ。

ありふれたはずの通学路は淡い光のフィルターをかけたように脳裏に描かれる。道端の何気ない風景を記憶に甦らせただけで感傷的になるのは、いまは亡き友人とよく歩いたせいだろうか。

実際のぼくは、四月になると毎年新しく履き替える靴の具合が気になるとばかりに、うつむきがちに少し背を丸めて歩いているのが常で、桜を眺めるどころではなかった。

朝、家を出るとき、母親に「ほら、男前が台無しよ。もっとシャンとしなさいよ」と背中をピシャリと叩かれることがあって、そのときばかりは「ハイハイ」と苦笑しながら姿勢を正しても、すぐに肩を斜めにして歩きだす。

成長期で一気に背が伸びて、数センチ高くなった視点から眺める世界が照れくさいとでもいうように、朝陽を受けた桜並木の華やかで眩《まぶ》しい光に瞬きして、目を細めてゆっくりと視線を落とす。

そうして、淡い色の花びらがアスファルトの上に最期の花模様を描くのを眺めながら、時折ちらりと前方を見て、学生たちの群れのなかに知っている背中がいやしないかと探した。

たいがい坂をのぼっている途中で、背後から「おーい、真野《まの》！」と栗田義之《くりたよしゆき》が声をかけてくる。

ぼくが後ろを歩いていて栗田の背中を見つけたとしても、「栗田！」なんて明るく呼びかけはしない。少し早足で背後に近づいて、いやがらせみたいにドンと肩をぶつけるのがせいぜいだった。それでも栗田は「ずいぶんな挨拶だな」と笑顔を見せるような男だった。

茶色の短めの髪に、明朗に整った顔立ち。記憶のなかの栗田は、いつもぼくに笑いかけてくる。その快活そうな瞳が、実際にはなにを考えているのか知らないまま、また知ろうとしたときにはすでに遠くて——。

いまは問いかけても、応えてくれる声はない。大学に入ってから疎遠になってしまい、きちんと話をしたいと思っているうちに、栗田は事故で亡くなってしまった。彼もあの坂道の風景を思い出すことがあったのだろうか。

高校に入学したときから、栗田のほうからぼくになにかと声をかけてくれてつるむようになった。この先もずっとつきあっていける友達だと思っていた。少なくとも一年の頃は互いに一番親しいと感じられる関係だったはずだ。

ところが、二年に進級した頃から少し事情が違ってきた。

「——真野！」

高校二年の春、ぼくが名前を呼ばれて振り返るとき、栗田の隣にはひとりの男が並んで立つようになった。

栗田の明るい笑顔と見比べると、彼がいる場所だけ別のフィルターがかけられたような静《せい》謐《ひつ》さにつつまれていた。彼——高東成道《たかとうなるみち》は、遠目にも目立つ容姿をしていた。

高東はぼくの顔を見ると、わずかに目を細める。出会った最初のときから、彼はぼくを見るときに不自然な瞬きをくりかえした。おそらく栗田から、ぼくのことをあれこれと聞いていたのだろう。「ああ、これが——」といいたげな視線。

「おはよう、真野」

「——おはよう」

ぼくはそっけなく挨拶を返して、栗田に向き直る。栗田と話しながらも、視線はちらりと高東に向けられる。

高東の整った目鼻立ちは、長めのまっすぐな髪に無造作にふちどられていて、黒々とした瞳は硝子《ガラス》みたいな光を放っていた。背が高く、手足の長い体形は、これ以上成長しようがないほど完成して見えた。遠目の印象ほど物静かでもなくて、唇の端に浮かべる笑みには悪戯《いたずら》っぽさが含まれている。からだつきは大人のそれなのに、しゃべるときは少年そのものの表情。反対に、黙っているときは、同い年とは思えないほど大人びた横顔——。

加えて所作に無駄がないというか、綺麗な動きをする男だった。上着を羽織るときの、まっすぐ伸びた腕。はりつめた首すじと背中のライン。下駄箱で靴を履くときの、うつむいて一点を見つめる視線。

実際、高東には気取ったところなど少しもなかったのだが、ぼくの記憶にはなぜか静止画像のような彼の姿ばかりが残されている。

光の濃淡で描かれる、静謐で緻密《ちみつ》なモノクロ写真みたいに——それがまるで隠し撮りのコレクションのようだと気づいたのはずっとあとになってからだった。

あの頃は日々伸びてゆく手足のいったいどこに力を入れていいのかわからなくて、下手に力を入れることが格好悪い気もして、ぼくはいつもかったるそうに歩いていた。

それでもはっと姿勢を正して、目を瞠《みは》ってしまう瞬間というのはたしかにあった。同時にそれを誰にも気取《けど》られたくなかった。自分の心がまっすぐに向かう先を。

ただ一瞬だけ目に焼きつけて、瞼《まぶた》を伏せて、記憶のなかでくりかえし再生させる。頭上にふりそそぐやさしい桜の光のように。

あの頃、高東をまともに見られないのは、足を止めて桜並木をゆっくり眺めることができないのと似ていた。

◇　◇　◇

窓際というのは、特等席だけれども、日差しが容赦なく照りつける。

頬《ほお》づえをつきながら、ぼくは目の前の高東の制服の後ろ姿を眺めていた。広い背中。襟足《えりあし》にかかる髪の毛が少し長い。まだ見慣れないやつなのに、どこかなつかしい不思議な感覚がするのはなぜだろう。……無遠慮に視線を這《は》わせているうちに時間が過ぎた。

やがてチャイムの音とともに、教壇から教師が立ち去り、教室内はざわざわとした空気につつまれる。

「――真野」

前に座っている高東に振り向かれて、ぼくははっと姿勢を正す。

栗田がいないときに、高東から声をかけられると、わずかに身構えてしまう。からだの内側をピリピリと走る緊張感。

高東はぼくの反応に驚いたように目を見開いたあと、おかしそうに笑った。

「寝てたのか。昼だよ」

ぼくが「おう……」と応えているうちに、弁当を手にした栗田が「腹へったー」といいながら空いた隣の席にやってきた。

高校二年の初め、ぼく――真野裕紀《ゆうき》と高東成道は窓際の席で前後になった。昼休みにはぼくたちの席の近くに栗田が移動してきて、三人で昼食をとった。

教室の窓からは、ちょうどグラウンドと校舎を仕切るようにして植えられている桜が見えた。この窓からの薄日に照らされた桜の風景はよく覚えている。

その春、高東と栗田がわいわいしゃべっているあいだ、ぼくはふたりの話に耳を傾けるふりをしながらひとりで外に目を走らせることが多かったからだ。

ぼんやりしていると、ふいに高東が「真野がまたひとりの世界に入ってる」などとからかってくる。

「……ちょっとぼーっとしてただけだろ」

軽く睨《にら》みつけるぼくに対して、高東は「そう？」と微笑《ほほえ》む。

高東は以前この街に住んでいて、小学校の途中で引っ越したという話だった。親の都合で再び戻ってきて、高二から編入したのだという。栗田とは小学校のときの同級生。

二年になってから突然湧いてでた高東の存在に、ぼくはなかなか慣れずにいた。

彼のもっている大人びた雰囲気のせいだろうか。それとも、栗田と三人でいるときに昔話をされたりすると、ぼくひとりが思い出を共有していないと感じさせられるのがいやだったのか。

「真野はいま、沈んでるんだよな」

栗田がよけいな口を挟んだので、ぼくはぴくりと眉《まゆ》をつりあげる。

「あ。いっちゃいけないことだった？　なっちゃんのこと、なんとも思ってないっていってたじゃん」

なっちゃん、というのは、ぼくの近所に住んでいる兄の同級生の女の子——新藤奈津子《しんどうなつこ》のことだ。幼い頃は三人でよく遊んだ。いまでも顔を合わせれば、互いに「なっちゃん」「裕くん」と呼び合う間柄だ。

その奈津子が、つい最近、兄の直史《なおふみ》と幼馴染《おさなな じ》み以上の意味でつきあっていることを知ってしまった。ヤキモチをやいているつもりはないが、ふたりそろってぼくに内緒にしていたことが腹立たしい。「仲間外れにされた」——そんな子どもっぽい感覚。

「なんとも思ってないけど、馬鹿兄貴がむかつく」

事情がわからない高東はきょとんとしている。

「真野って兄貴、いたんだ？」

ぼくが「ああ」と頷《うなず》くと、高東はなぜか笑った。

「そんな感じ。真野って下に妹か弟がいるって雰囲気じゃないよな」

いい意味なのか悪い意味なのかわからずに、ぼくはくちごもる。

「俺は弟がいるよ。俺って、そんな感じ？　お兄ちゃんタイプに見える？」

栗田が「はいはい」と手をあげながらたずねたので、高東は「おまえんちの家族構成は知ってるよ」と苦笑する。

「栗田の弟って、でかいんだよな。まだ中学生なのに、栗田とタッパ同じくらいあるんじゃない？」

「あいつ、最近、生意気でさ。カラダがでかくなったら、性格まで可愛くなくなんの」

栗田のうちには何度か遊びにいったけれども、弟がいるのは知っていても、顔は見たことがなかった。

おもしろくない気持ちが増幅されて、ぼくは唇をゆがめて高東を見る。

「高東は？　兄弟いるの？　かわいい妹とか、生意気な弟とか？」

三人でいても、最初の頃はぼくと栗田、栗田と高東といった組み合わせで話すことが多かった。だから、ぼくから高東に質問を振ったのは、このときが初めてだったのかもしれない。返事がなかなかないのは、そのことに驚いているのかと思ったが、違うようだった。栗田がわずかに動揺した様子で「あー」といいかける。

高東がそれを目で制した。

「いたよ。双子の妹。——子どもの頃に亡くなったけど」

思いがけない返答に息を呑《の》む。悪いことを訊《き》いた——とぼくが口にする前に、高東は察したように首を振った。

「いいんだよ。小学生のときのこと。二卵性だから、俺にはあんまり似てなくて、かわいかったよ」

気にしない、といわれても、たずねたほうとしてはそうもいかなかった。たまたま口にした質問だったのに、なんて間の悪い。

ぼくが申し訳なさそうにしていることを気にしてか、高東はすばやく話題を変えた。

「そんな顔するなよ。そういえば、真野って、朝もいつも湿っぽい顔してるよな。俺はおまえに笑顔で『おはよ』っていわれたことがない。なんだか毎朝、睨まれてはそっぽ向かれるみたいで、『あ、俺、真野に嫌われてるのかな』ってドキリとするよ」

揶揄《やゆ》するように笑われる。べつのことで責められたせいで、気まずいような雰囲気は一掃された。ぼくはあわてて否定する。

「嫌いもなにも……俺はべつに睨んでるつもりないけど。朝はいつもあんな感じなんだよ」

「低血圧とか？」

「そう」

栗田が「真野はデリケートなんだよな」と肩をつつく。

「ちょっと人見知りのとこがあるから、まだ高東に慣れてないんだよ」

高東は「へえ」と意外そうに目を見開く。

内弁慶だからたしかにそのとおりだったが、ひとに指摘されるのは、あまり愉快ではなかった。

栗田はぼくの顔色に気づいて、「あ、悪い」と目配せした。憎めない様子で笑われると、不機嫌な顔をするわけにもいかず、ぼくは「しようがないな」と息をつく。

高東が女子にとっては格好良すぎて近づきがたいとしたら、栗田の外見には誰もが気軽に声をかけられそうなとっつきやすさがあった。そして、ぼくもその屈託のない笑顔には弱いのだ。

「そうか、人見知りか。真野は俺にまだ慣れてないだけ？　――なんだ、よかった」

栗田の言葉をまともに受けて、高東が安堵《あんど》したように呟《つぶや》く。驚くと同時に、妙なくすぐったさを覚えた。高東がぼくに嫌われているのか、好かれているのかをそれほど気にしているのが意外だったからだ。

栗田も同じことを感じたらしい。

「なんだよ。高東はそんなに真野に好かれたいわけ？」

「そりゃ当然」

高東は真面目にいいきって、ぼくに向き直ると「なあ」と微笑む。

身を乗りだされると、彼の目のなかにぼくの顔が映っているような至近距離――胸が落ち着かない音をたてた。

「嫌いじゃないよ。俺はおまえのこと」

動揺を悟られたくなくて、何気にえらそうな調子になってしまった。いやなやつだな、俺

――自分でもそう思う。

高東は声をたてて笑ってから、やがて伏し目がちに呟いた。

「嫌いじゃない、か。いまはそれで充分かな」

――変なやつ。

ぼくはうつむき加減に笑う高東の口許《くちもと》をじっと見つめた。

やはりなつかしい気がする。なぜだろう……。

「おいおい、なにふたりして盛り上がってるんだよ」

隣で栗田がむくれた声をあげると、高東はさっとそちらに身を寄せて、肩に腕を回す。

「妬《や》くなよ。俺は栗田のことも、大好きだからさ」

「うわー。おまえに好かれたって、うれしくもなんともないわ。どうせなら、おまえに懸想してる可愛い子ちゃんのひとりを、俺に回してくれよ」

「どこに可愛い子ちゃんがいるんだよ。栗田のほうが、いつも女子と楽しそうにしゃべってるじゃないか」

「やだね、この天然は」

栗田はしかめっ面で、高東の腕をひきはがして、しっしっと追い払うしぐさをする。

「俺は女の子に話しやすいと思われるだけなの。最後に美味しい思いをするのは、いっつも

おまえみたいなタイプ」

高東は本気できょとんとしてみせたあと、難しい顔つきになる。

「美味しい思いなんて、したことない」

「そりゃ、おまえ、全部ことわってるからだろ」

高東は男相手には気安く振る舞うのに、女子には少し距離がある。傍《はた》から見ていると、高東が話しかけただけで、女の子たちはあからさまに盛り上がって、普段とテンションが変わるから、彼にしてみれば「女子は話しにくい」となるのだろう。告白されても、「ろくに話したことないのに、つきあえない」とことわってしまうらしい。

とても正直だと思うが、栗田が女子からいつも「ねえねえ、高東くんと小学校から一緒だって、ほんと？」と質問攻めにされているのを知っている身としては、「たしかに、むかつく天然だ」と同調したくなる。

「おまえのそういうとこ、好きだけど、いったん深く考えてしまうと、俺は腹がたってしょうがないんだ。わかる？」

栗田が力説すると、高東は途方にくれた顔をした。しかし、懲りずに栗田に身を寄せて囁《ささや》く。

「でも、俺は女子よりも、栗田が好きだな」

「うわーっ、やめてくれ。鳥肌たつ。マジでむかつくわ。おまえのその悪びれないとこ」

「なんで俺が悪びれなきゃいけないんだ。おまえを好きだっていうのに」

ドキリとした。冗談だとわかってるのに、ぼくはなんとなく目のやり場に困ってうつむく。

おかしいんじゃないのか、こいつら。

「あ。今度は真野がヤキモチやいてるぞ。ほら」

栗田に指摘されて、ぼくは「馬鹿か」と怒鳴りそうになるのをこらえるのに精一杯だった。

「……誰が妬いてるんだよ。他人の振りしたいだけ」

すると、今度は高東と栗田が顔を見合わせて、「あいつが一番、いやなやつだな」「すまして て、性格悪いな」などと、ぼくに向かってわざとらしく囁きあう。

ぼくは唇をきゅっと嚙《か》みしめて、ふたりを睨みつけた。

「そうだよ。俺が一番性格悪いよ。それでいいんだろ。ふたりして、どうせそれがいいたいんだろ」

栗田があわてたようになだめる目つきをする。

「真野ってば、すぐ熱くなる」

「俺は誰よりも冷静だ」

ふたりとも、ぼくがむきになっていいかえしても、おかしそうに笑うだけだった。ぼくもそれ以上はいう気をなくして、頬づえをついてあきれた視線を向けるだけにとどめた。

楽しそうに声をたてて笑う栗田。そして、同じくわずかに視線を落として笑っている高東

――。

高東は、おそらく栗田を真ん中にして、ぼくと奇妙な三角関係にあることに気づいているのだろう。友人同士で、三角関係というのもおかしいけれども、いまのままではバランスが悪いから、どうせ三人でいるなら、ぼくとも仲良くしたいと考えているのかもしれなかった。

いいやつだとわかっていたが、とぼけているようでいて、ひとのことを鋭く見抜いてくる高東がぼくは少しばかり苦手だった。小学生ではあるまいし、「栗田をとられた」と思ってぼくが拗《す》ねていることを見透かされているようで気まずかったせいもある。

――決して嫌いじゃない。嫌いじゃないけど……。

ぼくは再び窓の外の桜に目を移した。見ないようにすればするほど、目の端に高東の横顔がクローズアップされて映しだされる。

無意識のうちに、ぼくは高東の睫毛《まつげ》が微妙に瞬きで揺れるさままで一コマ一コマ切りとっている。心の底に蓄積されていく意味もない画像の数々。

嫌いじゃないだけの相手が、どうしてこれほど目のなかに入ってくるのか、不思議でたまらなかった。そして、そんなふうにして首をかしげる自分の姿さえ、意味のないものとして雑多な感情の欠片《かけら》のなかに桜の花びらが散るようにして埋もれていくのだ。

「――おまえたちって、仲いいよな」

帰り道で高東と別れてふたりきりになったあと、ぼくがうらめしい気持ちで呟くと、栗田は「え？」と驚いた声をあげた。

「仲いいって、俺と高東？」

「他に誰がいるよ。小学校のとき、そんなに親しかったの？」

「うーん。まあ、ふたりで仲いいっていうより、同じ遊び仲間のグループだったというか」

「ふうん」

ぼくたちの住んでいる学区には、小学校が三校あって、中学校で全部が一緒になる。栗田とは小学校の頃は学校が違ったし、中学でも一緒のクラスになったことはなかった。親しくなったのは高校にあがってからだから、つきあいの長さでいえば、高東と栗田の関係にはかなわない。

「――なんだ、真野はやっぱり高東が苦手なの？」

ズバリと訊かれて、「ハイ、そうです」といえるわけもなく、ぼくは返事に窮した。

「苦手ってわけじゃないけど……」

「まだ慣れないだけだろ。あいつ、いいやつだよ」

「わかるけど……おまえと仲良すぎで、俺の入る隙がないだろ」

隣を歩いていた栗田がふと足を止め、意外そうな顔をする。

「なんか真野が妬いてるみたいじゃん」

「妬いてるよ。おまえと高東、いつもじゃれあってるんだもん。おまえの親しい友達だから、いいやつだってのはわかってるけどさ……こっちはおまえたちの小学生のときなんか知らないから、ちょっと淋しいよ」

返事がなかった。しようもないことをいっているとあきれられたかもしれない。

おそるおそる隣を見ると、栗田は馬鹿にした様子もなく、はにかんだような笑顔を見せた。

「真野は時々、素直なんで、困るよなあ。不意打ちなんで、結構くる」

よろこんでいるようだったが、あらためてそんなふうにいわれると、本音を吐露したのが恥ずかしくなった。

「素直？　性格悪いんだろ、俺」

笑いながら嫌味っぽくいってやると、栗田は弱ったように眉をひそめた。

「あれは冗談だよ。執念深いなあ」

「なにしろ性格悪いからな」

「あー、ハイハイ。謝るよ。俺が悪かった。ごめんなさい」

子どもっぽい独占欲だった。高東がいる前で、妬いているとは認められなかったが、栗田の前では正直になれた。彼なら、ぼくがどんなことをいっても、愛想をつかしたりしないとわかっていたからかもしれない。

「――でも、高東は真野のことを気に入ってるんだよなあ」

栗田はぼそりと呟く。

「気に入ってる？　あいつも、俺と同じで、俺が栗田の友達だから、一応仲良くしようって感じじゃないの？」

「それもあるだろうけど、俺の友達だからってわけじゃなくて、真野と仲良くなりたいんだと思うけど。おまえのこと、いろいろ訊いてくることあるし」

「……どんなこと？」

「いや、まあ、いろいろと」

栗田は言葉を濁した。ぼくはむっと唇を尖《とが》らす。

「おまえ……よけいなことというなよ」

「よけいなことって？」

「つまんないことといって、あいつに弱み握られたら困るから。情報漏洩《ろうえい》すんなよ」

「高東はそんなつもりで訊いてるんじゃないと思うけど。それに、俺は真野がいやがることなんていわないよ」

温厚な栗田にしては珍しく腹立たしそうだった。

「俺がおまえのいやがることをするわけがないだろ」

あらためて強調されて、ぼくは押し黙るしかなかった。

ほかのやつが口にしたなら、「ムキになるなよ」というところだけれども、たしかに栗田がぼくのいやがることをするわけがない。

「それはわかってるよ。……ごめん」

「わかればよろしい」

栗田は満足そうに頷く。気を悪くさせたわけではないとわかって、ぼくは胸をなでおろす。

どうして栗田と親しくなったのか、明確な理由はわからない。高校にあがってから、同じ中学出身だと思って口をきいたのが最初のきっかけだった。なぜいつも一緒にいるようになったのか説明できないが、親しくなれてよかったと思う。

もし栗田が怒ったならば、無条件にこちらが悪いのだ。彼はめったなことで怒るやつではないから、ぼくが反省しなければ——そう思える友達だから。

それにしても、あまりにも得意げな横顔をされるとさすがに気にくわない。ぼくが軽く肘《ひじ》鉄《てっ》を食らわしてやると、栗田は「いてえな」と笑う。

「真野が素直なのなんて、ほんの一瞬なんだもんな」

一瞬でも、おまえだけにじゃないか……。

クラスの女子は見る目がないと思った。高東みたいな無自覚の天然を好きになるよりも、栗田みたいなタイプのほうがずっと彼氏にするのなら好ましいのに。

しかし、いくら好ましいからといって、そのとおりに感情が動くわけでないことは知っていた。「いいやつ」だからお手本にしたいと思っても、ぼくが栗田みたいに振る舞えないのも、我が身を振り返ればよくわかることだ。

素直になりたくても、なれない自分。口を開けば、想いと正反対のことをいってしまう自分……。

「おまえの弟ってでかいの？」

唐突にたずねると、栗田は「へ？」と拍子抜けした声をだした。

「高東がいってただろ。栗田と同じくらいタッパあるって」

「あー、弟ね。あれ、知らなかったっけ？」

「今度、見たいな。俺、栗田の弟、見たことない」

「なんで弟なんか見たいの？　たいした顔してないよ。俺のがいい男だよ」

「誰も顔を見たいとはいってない」

「じゃあ、なんで見たいの？」

高東が知っているのに、自分が知らないのが癪《しゃく》なだけだったが、もちろんそんなことを口にできるわけもない。

「とにかく見たい。今度、おまえんちに行ったら、見せてよ」

「見せてって……あいつ、最近、反抗期なんだよなあ。素直に顔だしてくれるかなあ」

栗田はぼやきながらも、「ハイハイ、わかった」と頷いた。ぼくが「やった」と小さくガッツポーズをつくると、おかしそうに首をかしげる。

「真野がよろこぶツボがよくわかんないな。そんなに弟見たいかー？」

子どもじみていると笑うなら、笑えばいい。

栗田にはたいしたことでなくても、ぼくにとっては重要なのだ。高東が知っているのに、ぼくが知らないのは悔しい。

限られた人間関係での意地の張り合い。気に留めなくてもいいようなことで思考はぐるぐると回り、頭の中身をのぞいたなら、自意識過剰という文字が飛びだしてきそうだった。当時はくだらないことをわざわざ選んで力をそそぐような空回りの法則に支配されていたのかもしれない。

二年の春は、自分が高東よりも栗田と親しいこと——ぼくはそれを証明するのに無駄なエネルギーを消費していた。

2

ぼくたちの住む街は、冬が少し長いぶんだけ、桜の時期が遅い。

兄から「東京の桜はもう散った」と聞かされても、まだ花の残っている通りの枝を見るたびに、まるでこの街だけ時間がゆっくりと流れているような錯覚に陥った。

桜が散ってしまうと、それまでの遅れを取り戻すかのように日々はあわただしく過ぎ、新緑のにおいが漂う初夏の光に彩られた空気をつれてくる。制服の下のシャツがじんわりと汗ばんできたかと思うと、やがて重たい鎧《よろい》を脱ぎ捨てる衣替えの季節が訪れる。

その日、借りていた本を返さなければならなかったので、駅のところで栗田や高東と別れた。

「真野、どこ行くの？」

「図書館」

ふたりに手を振りながら、ぼくは駅前通りを歩く。

駅のショッピングセンターの裏手に総合公園と中央図書館がある。ぼくの住む住宅街からは遠い距離になるが、子どもの頃から通い慣れた場所だった。

五年前に新設された図書館は、硝子張りのモダンな外観をしていた。新設されたばかりの頃、ピカピカの建物に入るのがうれしくて、毎日のように通ったものだ。館内に入るとき、昔からのくせで、ぼくは少し緊張する。ついつい習慣で、ある人物を探してぐるりと辺りを見回してしまうのだ。

今日は彼女がいないのかな、と。

いまはもう頻繁に図書館に通うこともなくて、たまに思い出す程度なのだけれども、新設されたばかりの当時、ここで出会った女の子がいる。

小学校五年生のときだった。会えるのは毎週木曜日。いつも同じ時間に閲覧席に座って、本を読んでいた女の子。子ども向けの推理小説のシリーズを読んでいたので、いやでも目についてしまった。なぜなら、彼女が読んでいた本はいつもぼくがすでに借りた本、もしくはこれから借りたいと考えていた本だったからだ。

担任がそろえた学級文庫に少年探偵団シリーズが置かれてから、ぼくたちの周辺では推理小説がちょっとしたブームだった。学校の図書室は品揃《しなぞろ》えがよくなかったので、すぐにこの図書館に通うようになった。

ぼくの目当ての本を、彼女はむさぼるように読んでいた。

かわいい顔をしていたけれども、それだけなら特別に視界に入ってこなかっただろう。ぼくが彼女に惹《ひ》きつけられたのは、同じ本を読んでいることで感覚を共有していると思えたからだ。

どうして見ず知らずの女の子と会話をするようになったのか。ぼくにしては珍しく、スムーズにことが運んだのは覚えている。書架の前に立っている彼女に、「これがおもしろかったよ」と声をかけたのだ。ぼくもそれが特別なことだと意識していなかったし、彼女のほうもまるで警戒した様子もなく、「ほんと?」と問い返してきてくれたので、顔を合わせるたびに言葉を交わすようになった。

小柄で、どう見ても年下だろうと思っていたら、同い年だった。ぼくとは小学校が違ったので、よけいに女の子だということも意識せずに気安くできたのかもしれない。

いつも兄や幼馴染みの奈津子といるときは、一番下の甘えん坊という役回りだったけれども、彼女といるときはぼくもお兄ちゃんぶることができた。ぼくの話を感心したように「うんうん」と頷いて興味深げに聞いてくれる女の子。それはなかなか新鮮な体験だった。

当時、読んでいた推理小説に影響されて、自分で作ったへたくそなトリックをクイズ形式にしてノートに書いて、彼女に手渡したこともあった。

半年ほど交流は続いたけれども、ある日突然、彼女は図書館にこなくなった。いったいどうしたのだろうと心配つつも、ぼくは彼女の名前ぐらいしか知らなくて、小学校も別だったので、その行方を知りようがなかった。「解いてみるね」といって、彼女が持って帰ったトリックの創作ノートもそのまま。

名前はいまでも覚えている——一ノ瀬美緒《いちのせみお》。

きっと事情があったのだろう。親の都合でいきなり引っ越してしまったのかもしれない。隣の小学校だったから、住んでいる地区だけは知っていたけれども、それ以上は詮索《せんさく》しようがなかった。

ぼくはその女の子のことを、友達にも、兄の直史にも奈津子にも話さなかった。会っていた頃には自分だけの大切な秘密で、誰かに告げてしまったら、ぶちこわしにされてしまいそうで怖かった。そして、彼女がいなくなってしまってからはことさら誰にも話す気がしなかった。その存在を知っているのは自分だけ——だから、時々、彼女と会話したことさえ、夢だったのではないかと思うことがある。

——不思議な思い出。

思えば、あれは初恋だったのかもしれない。

自覚はなかったけれども、友達から「好きなタイプは？」と訊かれるとき、自然に彼女の顔が思い浮かぶ。いつも彼女のことを考えているわけではない。心にうっすらと刻み込まれている淡い思い出なのに、消えないインクを使ったみたいに忘れられない。

もうあれから何年もたつのに、図書館にくるたび、ひょっとしたら彼女に会うのではないかと考えてしまう。妄想だとわかっているのに、頭の片隅にその期待はいつまでも残っていた。

その日、ふと思いついて、ぼくは児童書のコーナーに回った。子ども向けの推理小説が並んでいる書架の前に佇《たたず》む。こうしているときにも、成長した彼女に声をかけられるのではないかと思って――。

「真野」

いきなり背後から呼ばれて、ぼくはひっと声をあげて飛び上がりそうになった。振り返ると、駅で別れたはずの高東がおかしそうに笑いながら立っている。

「な、なんで、ここに……？」

「いや――俺も、借りたい本があったから」

高東はぼくの後ろに並んでいる背表紙に目を凝らして、唇をゆるめた。

「なつかしいな。俺、このシリーズ、全部制覇した。真野も、こういうの読んだの？」

「……ああ、まあ――」

いまでもミステリ全般は好きだった。今日返しにきた本も、密室ものの推理小説だった。相手の読書傾向が自分に似ているかもしれないとわかったのだから、もう少し会話が弾んでもいいはずなのに、ぼくの口は重いままだった。

高東がぼくに対して友好的なことは知っていたのに、なぜか素直になれない。彼がぼく自身に興味があるというよりも、栗田に気を遣って、ぼくと仲良くしようとしているのが見え見えだったからかもしれない。

――いいやつ……なんだよな、きっと。

それがわかっていても、最初から仲良くするタイミングを外してしまっているので、高東の前ではつまらなそうな顔をする癖がついてしまっていた。自分の態度が悪いことはわかっているのに直せない。――悪循環。

「……俺、ちょっとさがしたい本があるから」

ぼくは早々にその場を立ち去ろうとした。高東はさすがに鼻白んだ様子を見せたものの、引き止めはしなかった。

「そうか。邪魔して悪かったな」

歩きだした途端、ふいに呼び止められる。

「――真野が返す本のタイトル、教えてくれる？　俺、次に読もうかな。ミステリ？」

「いいけど」

ぼくが本を鞄から取りだすと、高東は「俺が返しておいてやるよ」と手を伸ばしてきた。とっさに手を引こうとしたときに指さきがぶつかりあって、本が床に落ちた。

高東は「あーあ」といってすぐに屈《かが》み込んで本を拾ったが、ぼくはその場に固まって動けなかった。

いまのは、やつの手からまるで逃げるように見えて、感じ悪かったか……？

「じゃ、返したあとに、借りるから」

高東は何事もなかったように笑って踵《きびす》を返した。ぼくはといえば、間抜けに突っ立ったまま、いいわけを口にすることもできなかった。

離れていく背中に、あわてて「高東」と声をかける。

呼び止めてしまってから、なにをいうつもりだったのかわからなくて、半ばパニックになりながらも口を開く。

「その本、おもしろいから」

気がつけば、ぼくは思い出の彼女に声をかけたときと同じようなことを口にしていた。立ち止まって、きょとんとした顔で振り返る高東に向かって、さらに言葉を継ぐ。

「絶対におもしろいから。保証する」

高東はぼくをじっと見つめてから、手にしていた本を眺めて、唇の端をゆっくりとあげてみせた。

「そっか。——サンキュ」

手を上げて去っていく高東に、ぼくもぎこちなく手を振り返す。心臓が飛びだしそうなほど高鳴っていることに気づいて足が震えた。

その場にじっとしていられない。自分の顔をぶん殴りたいような気持ちになりながら、ぼくは足早に図書館をあとにした。

部屋で予習をするのも飽きたので、ぼくは引き出しからこっそりとノートを取りだして机の上で開いた。

少し考え込んでから、昨日の続きを書きはじめる。

最初はトリックをクイズ形式で考えるだけだったのに、中学にあがった頃から、それを小説の形にするようになっていた。

書きたいのは事件の流れとトリックだから、それがまず最初にある。ストーリーはトリックのためにあるようなもので、かなり強引だった。犯人Aのトリックを成立させるためには、関係者Bの存在がどうしても邪魔になる。なら、関係者Bは犯人Aと関係があったことにして、心情的に証言できないようにしてしまえばいい――。こんな具合に組み立てていくものだから、事件の人間関係や動機にはよくよく考えてみると無理があって、穴だらけだった。

なによりも恥ずかしいのは、探偵役の台詞に当時傾倒していた思想家の名言を織り込んだり、事件の背景として有名な詩そのものを引用したりしたことだ。いま読み返したらたぶん憤飯ものだが、幼稚園のときに描いた人類とは思えない家族の似顔絵がやさしくなつかしいのと同じように、それらの創作ノートも破りすててしまいたい恥部なのにいとおしくてたまらない。

勉強の合間に、その創作ノートをせっせと汚い字で埋めるのは日課になっていた。試験が近かったり、そんなものを書いてはいけない時期になればなるほど次々とアイデアが浮かんできた。時間が自由になる大学生になった途端にほとんど書かなくなったのだから、逃避の意味も大きかったのだろう。

「裕紀。おーい、ケーキ食わないの？」

ノックもなしにいきなりドアが開けられたので、ぼくはあわてて創作ノートを教科書の下に隠す。

兄の直史がずかずかと部屋に入ってきた。春から大学生になった直史は家を出て、都内のアパートでひとり暮らしをしていたが、彼女の奈津子が地元に残っているので、しょっちゅう実家に戻ってきた。

「お兄ちゃんがせっかくお土産に買ってきてやったのに。食わないと、罰あたるぜ」

「勉強中だよ。ノックもしないで、入ってくるなよ」

ぼくが神経質に怒鳴ると、直史は「ここは俺の部屋でもある」といいかえしてきながら、ぼくの机の上の手元を覗《のぞ》き込んだ。

「おまえ、いま、なんか隠さなかった？」

「隠してない」

「いや、隠したね。なんだよ、その不自然な手つきは」

「隠してねーよ」

ぼくたち兄弟は顔がそっくりといわれるけれども、性格は似ていない。兄はぼくよりも優等生で、なおかつ暴君だった。

腕を伸ばしてきて教科書をとろうとするので、ぼくはあわてて机におおいかぶさった。直史はぼくの背中に乗りかかりながら、楽しそうに「どれどれ」と脇から手を入れてくる。

「ほら、やっぱり隠してるだろ。なに隠してんだよ。エロ本か？　お兄ちゃんにも見せてくれよ」

顔は似ているといっても、からだつきは兄のほうがずっと大きかった。背は十センチ近く、ウエイトは推して知るべしだ。

必死に抵抗しているうちに、問題のノートを残して、教科書やらペンケースやらが床に落ちる。電気スタンドが落ちたときにはものすごい音がした。開け放されたドアから、「うるさいわよ、なにやってるの！」と階下で母親の怒鳴る声が聞こえてきた。

直史が「ごめーん。なんでもない」と叫びながら、ぼくの脇をくすぐってくる。ぼくは「ひゃあひゃあ」と悲鳴をあげて、あやうくノートを奪われるところだった。

「やめろっ……出てけよ。ここはもう兄ちゃんの部屋じゃないだろ」

「いーや。まだ二段ベッドがある。俺の陣地が残ってる」

「屁理屈だっ。今度、解体してやる」

長いこと兄弟ふたりで部屋を使ってきたが、直史が大学進学で家を出たので、ようやくぼくひとりの楽園になったはずだった。しかし、こうして頻繁に家に帰ってくるおかげで、いまだに二段ベッドの下段には兄のための布団が敷かれている。客間に布団を敷いて寝ろといっても、ぼくのいうことなど聞きやしない。

「……どうしたの？」

ふいにドアのところに奈津子が現れた。ぼくたちの姿を見て、目を丸くする。

「なに大騒ぎしてるんだって、おばさんが心配してるけど」

どうやら夕食後に直史を訪ねてきて、居間で家族と一緒にケーキを食べていたらしい。特別美人というわけではないが、笑顔がひとなつっこくさわやかで、カモシカみたいな足をした奈津子は、昔からうちの家族のお気に入りだった。

「なんでもない。兄弟でスキンシップしてるとこ」

笑いながら答える直史の下で、ぼくは「違う、いじめだ」と叫ぶ。

奈津子は「さて、どちらの味方をしよう」といいたげに「うーん」としばらく考え込むと、ぼくたちふたりに向かってにっこりと目尻を下げた。

「仲いいのもいいけど、静かにしなきゃだめよ」

「待ってて。助けろよ、なっちゃんっ」

薄情な年上の幼馴染みは、ぼくにふわりと笑いかけ、そのまま背を向けて手をひらひらと振ってみせる。

「直史は裕くんが遊んでくれないから、さびしいのよ。少し相手してやって。ケーキだって、裕くんが大好きなチーズケーキなんだから。美味しいって評判の店でわざわざ買ってきたんだって」

一瞬力が抜けた隙をとらえて、直史がぼくからノートを奪いとった。ぱらぱらとめくって、「なんだ」とおもしろくなさそうに呟く。

「エロ本じゃないじゃん。……おまえ、まだこういうの、書いてるんだな」

直史は感心したような顔つきで、二段ベッドの下にどっと腰を下ろす。一応見てはいるものの、ノートの中身にはたいして興味を示していないようだった。それはそうだろう。子どもの頃から、「俺のものは俺のもの、弟のものも俺のもの」で、ぼくの持ち物なんてそれこそ隠しているものまですべて容赦なく暴きたてる兄だったから、いまさら珍しいものでもないに違いない。

見られてしまったからには、すでに騒ぐ気も薄れて、ぼくはそのまま机に突っ伏す。

「……横暴反対。いやがってるのに、なんで見たがるんだよ」

「みんなでケーキ食ってるのに、おまえが降りてこないからだろ。奈津子のいったとおり、せっかくおまえの好きなチーズケーキを買ってきてやったのに、喜ぶ振りくらいしろよ」

「……気持ちわり」

ぼくがぼそりというと、直史は怒ることもなく、おかしそうに笑いながらノートを投げてきた。

「おまえ、ほんとにかわいくねーな」

——気持ち悪い、とぼくは口のなかでもう一度呟く。ほんとに困るんだよ、こういうのは。いつもつまらないことで口喧嘩するといっても、こんなふうに母親に注意されるくらい大騒ぎするのは久しぶりだった。家を出てから、直史は以前よりも口うるさくぼくをかまうようになったが、決して奈津子のいうように「さびしいから」なんていう理由ではないことは知っていた。

直史は、奈津子と幼馴染み以上の関係でつきあっていることをつい最近までぼくに隠していたので、うしろめたく思っているのだ。暴君の兄が柄にもなく、ぼくに気を遣っている。好物のチーズケーキを買ってくるのも同じ理由。

おそらくぼくが奈津子に淡い想いを抱いていたと勝手に気を回しているのだ。たしかに恋愛感情ではないけれども、自分ひとりが仲間はずれにされて、「なっちゃんをとられた」という感覚はあった。だからといって、直史に遠まわしに気遣う態度をとられると、ぼくはどう振る舞っていいのかわからなくなる。

——淋しい。それはたしかだから、よけいに悪態をつくしかなくなるのだ。

気を遣わないでくれ。淋しいけど、べつに惨めじゃない。拗ねてるだけ。

また兄がぼくのこういった心情を見抜いたうえで、反抗的なものいいにも「しようがねえなあ」と笑っているであろうところが気にさわる。

いいさ。なっちゃんは兄貴にくれてやる。ぼくにはほかにもっと——。

そう考えかけて、いつもなら図書館の彼女を思い出すような場面で、頭のなかに浮かんできたのは高東だった。ぼくが呼び止めて「その本、おもしろいから」と告げたときの、一瞬あっけにとられたような顔。そして、おかしそうに笑いをもらした唇の動き。「じゃあ」と立ち去っていくときの後ろ姿……。

記憶に静かに蓄積されていく何気ない映像の数々。それらが自分のなかでなんの前触れもなく流れだすたびに、ぼくの胸は少し重くなる。

「——兄ちゃん……苦手なのに、気になるって、どういうことだと思う?」

思いがけず洩《も》らしてしまったことに驚きながらも、口が止まらなかった。

「そういうやつがいるんだ。苦手で、あんまりしゃべらないのに、なんとなく気になって……いつも見ちゃうやつ」

「女の子?」

「いや、男。一応、友達——仲いいやつの、昔なじみなんだけど」

直史は「ふうん」と頷いたあと、少し笑った。

「でも、気になるの? おまえのことだから、仲いい子をとられたみたいで、ヤキモチやいてるんだろ。でも、ほんとは仲良くしたいんじゃないの？」

「そうかな……。いまいち、よくわからないやつなんだけどな」

アドバイスを求めてしゃべっているわけではなかった。頭のなかでいくら考えても答えがでないことを、とりあえず誰かに客観的に見てほしいだけだった。

「それと同じだよ」

眉をひそめるぼくに向かって、直史は床に投げられた創作ノートを指し示した。そこには、ぼくの下手くそな推理小説が書かれている。

「よくわからないやつだからこそ、気になるんだろ。謎があると、解いてみたいから」


学校に向かう坂道で、ぼくは前方に栗田ひとり、もしくは栗田と高東がふたり並んでいる姿を見つけると声をかけたが、高東ひとりが歩いているのを見つけても知らんふりをした。

しかし、やはりうしろめたい気持ちがあって、一応「きみが前にいたなんて気づかなかったよ」というポーズをとっていた。おかげで、ぼくは前にも増してうつむいて歩く羽目になった。

栗田が少し遅めになることが多かったから、ぼくはひとりで歩いている高東をよく見かけた。大勢のなかでも、彼の背中はまるで特別なセンサーがあるみたいに瞬時に見分けることができた。

すらりとした、肩幅のある後ろ姿。メリハリのある体形の良さがはっきりとわかる背中。

ぼくは高東の姿を確認しながら、うつむいて歩く時間が不思議と嫌いではなかった。

そう。初めから、ぼくはべつに彼が嫌いなわけじゃない。ただ向き合うのが苦手なだけで。

頭のなかにたまっていく静止画像の数々。そうやって静かに静かに……感じるだけ感じて、名もないままに胸の内側だけで消え去る感情もたくさんあるのだろう。これもそのひとつだと思った。

親しくなりたいと思っても、全部がうまくいくわけじゃない。

もしかしたら、もっと腹をわって話せる相手だったかもしれないのに、素通りしてしまうのもよくあること。

三人でいたけど、栗田とだけ仲のよかったやつ。俺も嫌いじゃなかったけど、あんまり親しくはなれなかったな。……そんなふうに語られる間柄。

その日、いつものように前に高東がいるのが見えたので、ぼくはペースを落としてゆっくりと歩いていた。

頭上には抜けるような青空が広がり、朝から新緑の木洩れ日が眩しかった。目を細めて、ふと顔を上げると、高東がこちらを振り返っているのが見えた。

心臓を縮み上がらせながら、ぼくはこっちに気がつきませんようにと願った。ところが高東はまるで最初から知っていたみたいに、まっすぐにぼくをとらえて足を止めた。

「――真野」

内心かなり焦りつつも、ぼくはなんでもないふうを装った。高東は「おはよ」と笑いながら、隣に並んで肩をよせてきた。

「探し物は見つかった？」

いきなり妙なことを訊かれて、ぼくは「え？」と目を瞠る。高東はぼくをちらりと見て噴きだした。

「いや……さっきから何度も後ろを振り返ったんだけど、真野はずっと落とし物でもさがすみたいに前傾姿勢で歩いてきてたから」

心臓が破裂しそうになった。姿を見つけても声をかけないでいることまでは気づかれていないだろうと思ったのに、すぐさま見透かしたような笑いを向けられる。

「真野は絶対に自分から俺に声をかけてくれないんだな。俺とふたりきりで会話をするのが、そんなにいや？」

あっさりととどめをさされて、ぼくの口許はひきつった。……全部ばれてる。

「――そんなんじゃない」

吐き捨てるようにいって、脇をすばやく通り抜けようとした。高東は早足でぼくの隣に再び並んできた。

「そうか。……なら、いいんだけど。俺はてっきり真野に嫌われてるのかと思ったよ。俺のことを、栗田とのあいだに割り込んできたイヤなやつだと思ってるんじゃないかって。栗田が好きなら栗田とだけしゃべってりゃいいのに、なんで俺にまでちょっかいだしてくるんだよ、とか」

ぼくは居心地が悪くてしようがなかった。自分を嫌いだろうと問いかけるのに、こんなに楽しげな声をだす男は変だと思った。こちらの気持ちがわかっていて、わざとやっているとしか思えない。じわじわと反発したいような気持ちが込み上げてくる。

「そのとおりだっていったら、どうする？」

ぼくは足を止めて、思い切って高東を振り返った。

挑発的な視線に、高東はさすがにびっくりした顔をした。わずかに小首をかしげるようにしながら、その唇が微笑む。

「俺を好きになって——って頼む。せっかく三人でいるのに、つれなくされると、さびしいから」

てらいもなくいわれて、今度はぼくが驚いて声をなくす番だった。すぐには返す言葉がでてこない。

「……おまえ、やっぱり変だよ」

いいすてて、再び歩きだす。高東を「天然だ」といった栗田の気持ちがよくわかった。こいつは変だ。絶対に変だ。自分が嫌われているとわかっていて、どうしてこんなことをいえるのだろう。

高東は苦笑しながらも懲りずに隣に並んできた。

「でも、俺は真野に嫌われたくないんだ」

その声には奇妙な響きが込められているように聞こえて、ぼくはつい足を止めた。振り返ると、高東はどこか遠くを見るような目をしていた。

「なんで……？」

問いかけてみたものの、返事はない。絵に描いたような意気消沈ぶりが却《かえ》ってつくりものめいて感じられて、ぼくは眉をひそめる。

「──おまえ、落ち込んだふりしてるだけだろ」

高東は「ひどいな」と笑っただけで、否定はしなかった。その笑いを見た途端、頭にかっと血が上った。

「いいかげんにしろっ」

「──真野に嫌われたくないっていうのは、ほんと」

思いがけず真摯《しんし》な表情を向けられて、ぼくはうろたえた。高東はぼくと目が合うと、真一文字に引き結んだ唇の端を上げた。

「俺は真野と親しくなりたい。栗田も真野のことを『いいやつだよ』っていってるし。俺は――」

その先に続く言葉は聞こえなかった。

高東は迷ったように口をつぐみ、あっけにとられているぼくの肩を叩く。

「真野に嫌われると、しんどいんだ」

――栗田がいい友達だから？

ぼくともいい関係になりたいと望んでいるのか。あらためていわれなくてもだいたいわかっていたのに、ショックを受けたように頭が空白になる。

胸の底にちくりとした痛みを覚えたことに困惑せずにはいられなかった。

そのとき、背後から「おーい」と呼ぶ声が聞こえてきて、坂道をのぼってくる栗田が見えた。

高東は何事もなかったかのように「おう」と明るく応えてから、思い出したようにぼくを見た。

「そういえば、このあいだの本、おもしろかった」

笑顔で告げられて、ぼくは「ああ」と気の抜けた声で応える。正体不明の痛みがさらに大きくなった。

追いついてきた栗田と何事もなかったように笑ってしゃべりはじめる高東。ふたりの姿を見ているうちに、石を詰めたように胸が重たくなる。その場を去ることもできなくて、ぼくは佇んだままうつむくしかなかった。

この感覚は知っている。兄と奈津子がつきあっていると気づいたときの、もやもやとするやりきれなさ。

蚊帳《かや》の外——自然とそんな言葉が頭に浮かんだ。

3

開け放した窓から蟬《せみ》の鳴き声が響くなか、ぼくは汗をだらだらと流しながら机に向かっていた。

物置から引っぱりだしてきた古い扇風機がうるさい音をたてて回っていたが、騒音をもたらすだけで涼しさはまったく享受できなかった。自分が我慢大会の出場者にでもなったように感じながら、シャープペンシルの端をかじる。

今年は夏休みの課題を早めに片付けてしまおうと殊勝な決心をした途端、それを嘲笑《あざわら》うかのように昨日、部屋のクーラーが壊れた。

やっぱり昼間は駄目だ、能率が悪い——。ベッドに寝転がったところ、ドアがノックされて開いた。母親がぼくを一瞥《いちべつ》してあきれたように顔をしかめる。

「裕紀、昼間っからゴロゴロしてるなら、買い物行ってきて。ちょうどクレンザーがきれたのよ。あと、買ってきてほしいもの、このメモに書いてあるから」

「勉強してたんだよ。いまはちょっと休憩してるとこ」

「じゃ、その休憩のあいだに行ってきてちょうだい。少しからだを動かしたほうが、頭の働きもよくなるわよ」

母親の有無をいわせぬ調子に、ぼくは渋々起き上がる。

昨日、早速クーラーを修理してほしいと頼んだものの、年代もので修理代が高くつくからと却下されたばかりだった。結局、家族会議で機能の良い新品を購入したほうがいいという結論に至ったが、いつ物品を購入してくれるのか、その時期までは検討してくれなかった。

「母さん、クーラーは?」と問えば、「要求するなら、まず自分が動くこと。買い物行ってきて」といわれるのは明白で、無駄なやりとりは省くためにぼくはおとなしくメモを受けとった。ついでに図書館に行って涼みながら勉強しようと決めて、課題のプリントと参考書をもって家を出る。

外はまさに炎天下で、アスファルトの照り返しが眩しかった。その年は記録的な猛暑だとくりかえしテレビのニュースが告げていた。容赦ない日差しに眩暈《めまい》すら覚えながら、ようやく駅前の図書館に辿《たど》り着いたときには、「あちぃ……」と思わず独り言がもれた。日干しになりそうだったので、まずはロビーでペットボトルのスポーツドリンクを買って喉《のど》を潤すことにした。

ソファにどっと腰を下ろして水分を補給したあと、しばらく館内を行き来する人々を眺めていた。暑さのせいでぼんやりとしていて、少しばかり感覚が鈍くなっていたせいか、こちらに向かって歩いてくるよく見知った顔に気づいたときにも、ワンテンポ反応が遅れた。

「――真野?」

声をかけてきたのは高東だった。

久々に見る彼の顔を、ぼくはまじまじと見上げた。そういえばこの図書館は高東の行動範囲だったといまさらながら気づく。

久々といっても、夏休みがはじまってから一週間ほどだ。それなのに、ものすごく時間が経《た》っているように感じたのはなぜだろう。

栗田がアーチェリー部に入っていて、夏休みも部活があるため、八月のお盆前にキャンプにいく以外、事前に三人で会う約束はしていなかった。予定などたてていなくても、栗田とは会うかもしれなかったが、高東とはキャンプに行くまではもう顔を見る機会はないと思っていた。

いつもならそんなふうに真正面から彼の顔を見ることはないのだが、思わぬ出来事だったからか、もしくはその日はぐったりしていたせいで首を傾けるのさえ億劫《おっくう》だったのか――理由はともかくぼくは高東をじっと見つめた。渇いた喉に水が染み込むがごとく、その姿を干からびきった心に吸収するかのように。

高東はとまどったようにぼくの視線をとらえた。

「真野は? 本借りにきたのか?」

「いや……課題をやろうとかと思って。部屋のクーラーが壊れて、暑いんだ。母親がうるさくて、ちゃんと自分の部屋に机があるんだから、居間や食事をするところでは勉強するなっていわれてるし」

「学習席はこの時間、もう満杯だよ。無理だと思うけど」

たぶんそうだと思ったが、もしかしたら空いているかもしれないと甘く考えていた。

あっけなく希望をつぶされて、ぼくはどうしようかと唸《うな》る。うるさいのを我慢すれば、ファーストフード店やファミレスでもことたりるのだが……。

ぼくが考え込んでいると、高東が思いがけない提案をした。

「うちにくる？　俺のうち、いま、誰もいないから」

いつもだったら、即座に「遠慮しとく」と応えるはずだが、その日はとても暑かったので——ぼくは深く考えることもなく「いいの？」とたずねていた。

高東の表情が一瞬固まった。誘ってはみたものの、普段のぼくとの関係を考えればまさかくるとは思わなかったのだろう。一拍おいて、笑いを含んだ声が返される。

「いいよ。いくらでもどうぞ」

かすかに揶揄するような目つきに気づいていたけれども、「やめる」という気にはならなかった。やはりどうしようもなく暑かったから、としかいいようがない。

相変わらず高東とふたりきりで話すのは苦手だったが、春頃に比べればいくぶん慣れていた。こいつはもともと栗田の友達、俺と距離があるのも仕方ない——そう割り切って考えられるようになっていたからかもしれない。

高東のマンションは駅から直結しているプロムナードの先にあった。父親とふたり暮らしだというその部屋は、おそろしいほどに綺麗に片付いていて生活感がなかった。

ベージュと白でシンプルに統一されたリビングの空間に足を踏み入れながら、そういえば両親が離婚しているんだっけ、と栗田から聞いた情報を思い出す。

「おまえって綺麗好き？」

「だらしなくはないと思うけど……でも、この部屋のことなら、一週間に一度、ハウスクリーニングを頼んでる。親父は長期出張が多いんだ。たまに帰ってくるけど、ひとり暮らしみたいなもんだよ」

いまだに家を出て行ったはずの兄と、部屋の陣地で揉《も》めている身としては、うらやましいかぎりだった。

しかし、春頃には頻繁に帰ってきていた直史も、最近ではその回数が減っていた。前期試験があったせいかもしれないが、今月はまだ顔を見ていなかった。どうやら演劇のサークルに入ったうえに、バイトのシフトをたくさん入れてしまって多忙らしい。「勉強しないで、遊んで稼いでばっかりでどうするの」と母親が電話口で怒鳴っていたのは記憶に新しい。

「課題やるんだろ？　どうぞ」

高東がリビングのテーブルを示してくれたので、ぼくは真っ白なラグに腰を下ろして、プリントを取りだす。

クーラーのひんやりとした冷気が心地よかった。なにもしないでいると、「なんでここにいるんだろう」という疑問符がわいてきそうで、ぼくは早速プリントにとりかかった。

しばらくすると、テーブルの上にグラスに注いだアイスティーが置かれる。「どうも」と礼をいうと、「どういたしまして」とすました答えが返ってきた。

高東はそのままぼくの後ろのソファに腰掛けると、図書館で借りてきたらしい本を開いて読みはじめた。ふたりでいたらなにか話さなければならないのかと思ったが、その気遣いは無用のようだった。

ぼくがシャープペンシルでプリントに書き込む音。本のページをめくる音。アイスティーのなかの氷がぶつかる音。

それらの些細《ささい》な物音がくっきりと浮かび上がるほど、恐ろしいほどに部屋を流れる時間は静謐で澄んでいた。気密性が高い部屋なのか、外からの雑音もまったく聞こえてこない。

気がついたら、あっというまに一時間半ほどが過ぎていた。集中したせいで、プリントもだいぶ進んだ。

栗田がいなければ気詰まりだといつも思っていたのに、こんなふうに自然に高東のそばにいられるとは思いもよらなかった。彼がまったくぼくに気を払わなかったのも大きかったかもしれない。

高東はページをめくる指さき以外、ほとんど静止画像なのではないかと思うくらい、ソファに深くもたれかかって動かないまま本を読んでいた。ひどく集中しているのがわかる顔つきと、冴《さ》えた視線。

学校で一緒にいるときは、いつも栗田とふざけて笑っているところしか見たことがなかったので、その姿はまったく別の一面をうかがわせるようで新鮮だった。だが、そう意外でもないのかもしれない。ぼくのなかには、すでにこんなふうに静止画像におさめられたような高東の姿が記憶にいくつも焼きつけられていたから。

ぼくが振り返って見ると、高東はすぐには反応しないものの、しばらくすると「なに」とはにかんだ笑みを見せる。

「課題、終わった？」

「まだだけど……買い物、頼まれてるから、そろそろ帰るよ」

高東の「そうか」という返事に妙な間があった。立ち上がりながら、ぼくの目は彼が視線を落とすときの、目許の翳《かげ》りをすばやくとらえる。

——こんなに静かな部屋で高東はいつもひとりで過ごしているのだろうか。

栗田とくだらないことをいって笑っている普段の姿を思い出すと、落ち着かない気分にさせられた。高東はこちらにまったくかまわずに本を読んでいたのにもかかわらず、ひょっとしたらぼくにもう少しここにいてほしいと願っているのではないかという妄想じみた思いがわきあがってくる。どうしてそんなことを考えたのだろう。このまま帰ってしまうのがしのびないような……。

高東はなにもいわずに玄関までぼくを見送りにきた。「じゃあ、またな」という声を背中にしてスニーカーを履いている間中、わけのわからない動悸《どうき》で心臓が痛くてたまらなかった。ドアを開けて外に出た途端に、ぼくは思い切って振り向く。

「また、きてもいいか。クーラー、しばらく壊れたまんまだからさ」

高東は驚いた様子で目を瞠る。

「――いいけど……」

「じゃ、また明日」

なにかいいたげな顔をされたので、ぼくは逃げるようにその場を去った。高東が不可解そうにぼくの背中を眺めている姿が容易に想像できるだけに振り返れない。

もし、なにか問われたら、困る。自分でもどうして「また明日」などといったのか、よくわからないのだから。


翌日、ぼくは正午過ぎに高東の部屋を訪れた。

目が覚めたら、もう高東のうちに行く気などなくなっているかもしれないと思った。図書館に行くか、それともファミレスに行ってみるか——だが、昨日と同じように課題をもって家を出た途端、まるで足が引き寄せられるようにマンションへと向かった。

高東は「ほんとにきたのか」と意外そうな顔を見せることもなく、ごく自然に「いらっしゃい」とぼくを迎え入れた。

その前日と同じように、ぼくは余計なことはいわずにリビングのテーブルで課題にとりかかった。会話をすることもなく時間が過ぎるのも一緒で、昨日と同じ場面がくりかえされているようだった。

高東がぼくのそばにアイスティーの入ったグラスを置くのも同じタイミング。

「どうも」

「どういたしまして」

そのやりとりも同じなら、高東がぼくの後ろのソファに深くもたれかかって座り、本を読むのもまったく同じだった。

昨日と違うことをしたら、一緒にいられる空間が壊れてしまうような気がして、ぼくは課題に集中した。

集中力が途切れるのも、だいたい決まっているのか——気がついたときには、一時間半ほどが過ぎていた。

さすがにからだが固くこわばっている凝りを感じて、大きく伸びをする。

「……疲れた」

独り言をいっても、突っ込んでくれる声はない。

様子をうかがうつもりで、ぼくはゆっくりと後ろを振り返った。高東は最初にソファに腰掛けたときと寸分違《たが》わぬ格好をして、本に視線を落としているだろうと思った。だが、予想に反して、彼は本を脇においてぼくを見つめていた。考え込むように口許に手をやっている。

ぼくと目が合うと、少し気難しそうに眉根を寄せて、再び本を開いて視線を落としながら、ぱらぱらとページをめくる。ぼくとは会話する気がないらしい。

「……おまえ、なんであんまりしゃべらないの？　いつもと違う」

昨日から感じていた違和感を口にする。高東は「え？」と仰天したような目をする。

「いつも学校なら、あれこれと話しかけてくるだろ。なんでこの部屋のなかだと、おとなしいの？　栗田がいないから、だまってるだけ？」

高東は視線だけ上げて、訝《いぶか》るようにぼくを見る。口許がわずかに綻《ほころ》んだ。

「俺が話しかけても、真野はいつもいやそうな顔してるじゃないか」

「いやそうな顔なんてしてないけど……ちょっと調子狂うじゃないか。学校と違うから」

昨日高東の部屋を訪れたのは、あまりにも暑かったからだが、今日はなにかあったのかと心配になるほど、いつもと様子が違うことが気になっていたからだった。まるで淋しがっているように見えたから……。

高東はしばらく黙っていたが、やがてこらえきれぬように笑いを洩らした。

「——俺は、真野相手だと緊張するんだよ。なにしゃべったら、よろこんでくれるのか、わからないから」

思わぬことをいわれて、ぼくはきょとんとするしかなかった。高東はおかしそうにぼくを眺め、「無自覚なんだなあ」と呟いた。

「いつも俺が話しかけても、つまらなそうな顔してるくせに、昨日は部屋に誘ったら珍しく素直についてくるだろう？　おまけに今日も訪ねてきた。栗田もいないのにさ。……なんの気まぐれなのか知らないけど、せっかくなついてくれそうなのに、学校と同じように話しかけて、逃げられたら困るじゃないか。俺が静かにしてれば、安心してるみたいだから、おとなしくしてたのに」

それで本を読んで彫像のようにじっとしたまま、黙っていたのか。理由は納得したが、その語り口にむっとせずにはいられなかった。

「おまえのいいかた、なんか気にさわるな」

「真野が、俺と栗田の前じゃ態度を変えて、差別するからだよ」

「それはおまえのほうじゃないか。おまえだって、俺と栗田に対するときじゃ、態度違うだろ。栗田とはいつも仲良さそうにじゃれあってるくせに」

高東は意外そうにぼくを見る。

「——真野は、俺とじゃれあいたいの？」

「違うっ……」

むきになって否定してしまってから、相手をよけいに喜ばせるだけだと気づいて口をつぐむ。

「なんだ。それなら、そうと早くいってくれればいいのに。俺は前から、真野と仲良くしたいっていってただろ。いくらでもじゃれあうのに」

高東はソファから移動して、ぼくの隣に腰を下ろすと、ふざけて肩を抱いてくる。ぼくはすばやくその腕を払いのけた。

「そういうところが苦手なんだよ。すぐにひとを馬鹿にして……俺はそうやってからかわれるの、嫌いなんだ」

悪気などないことはわかっていたのにいきなり接触されて、気が動転していた。高東は神妙な顔つきになって、からだを引く。

「——馬鹿にしてるわけじゃないよ。ごめんな」

ぼくが気まずくて目をそらすと、高東は苦笑じみたものを浮かべた。

「……ほら、こうやって、俺はしゃべると真野に嫌われるだろ。だからやっぱり黙ってたほうがいいんだよな」

さすがにいわせるままにしておけずに、ぼくはなんとか言葉を押しだそうとする。喉のところまで、正直な気持ちがあがってくるのに、口からでるときにはまったくべつのものになっている——そんな感覚。

吐きだしてしまたい、かたちを変えないままで。

「黙らなくていい。いまのは、俺が……悪いだろ。……俺、おまえを前にすると、なんか調子狂うんだよ。さっきもいったけど、栗田とおまえが一緒にいるときは、俺が蚊帳の外みたいに感じてて……」

——それだけではない。ぼくが高東に対して抱いているのは、そんな子どもじみたヤキモチだけではなかった。

うまく言葉にできない。単純に、俺だって栗田の友達の友達って関係じゃなくて、おまえと親しくなりたいと思ってる。それだけのことなのに。

「——真野は栗田のことが好きなんだな」

ふいに高東がおかしそうに目を細めた。

ぼくが「蚊帳の外」という言葉を使ったからかもしれないが、なにやら見当違いなことをいわれているようで拍子ぬけする。

「おまえだって、好きだろ？」

「好きだよ」

顔を見合わせた途端に、高東が先に噴きだした。

「なんか気色悪いことといいあってるな、俺ら。栗田がくしゃみしてるかもな」

ぼくも「——たぶん」と笑いを洩らす。いいたいことが伝えられたわけではないのに、笑いあったら、少し楽になった。

高東はしみじみとした顔つきになる。

「きっと栗田は、真野のことをからかったりしないんだろうな」

「……栗田は、俺があんまりしゃべるの上手くないから、なるべくしゃべりやすいようにしてくれるんだよ。俺がひねくれたことといっても、気を遣ってくれる。あいつ、いいやつだから」

「だから、俺にとられたくないわけか」

反射的に頷きかけて、ぼくはハッと高東を睨んだ。

「そういうことといってんじゃないだろ」

高東は「大丈夫だよ」と涼しげな顔で返してきた。

「栗田だって、真野のことが俺よりも好きだから。俺、あいつにいわれてるんだ。真野は細かいこと気にするたちなんだから、あんまりからかってやるなって」

そんな過保護なことをいわれているとは知らなかった。どういうリアクションをするべきなのだろうと迷っていると、高東がからかうような目つきになった。

「真野は、栗田相手にはかわいいんだよな。栗田は真野のこと、大事にしてるからな」

「高東だって、栗田に大事にされてるだろ」

むきになっていいかえすと、高東は「俺と真野とじゃ、意味が違う」と呟いた。

なんのことだろうと少し引っかかったけれども、問いただしはしなかった。ぼくが黙って首をひねっていると、高東は笑いながら視線を落とす。

「なんでもないよ、気にするな」

ソファは窓際においてあって、その場所に背を向けて座っていると、後ろから窓越しの日差しを浴びて、高東の顔が陰になる。大勢でいるときはそれこそ栗田に「天然」といわれるほど屈託なく笑うくせに、ふたりきりのときはうつむいて笑う癖があること——逆光のなかでとらえたいくつかの新発見は、分類しようがない心の整理箱にしまいこまれた。


キャンプ場に遊びにいく計画は、いつのまにか人数がふくれあがっていた。女の子五人と、あとは栗田のアーチェリー部の友達の男ふたりが増えて、総勢十人のメンバー。

最初は栗田とぼくと高東の三人の予定だったのだが、栗田がたまたま仲のいい女子にキャンプの話をしたら、「一緒にいきたい」ということになったらしい。女の子が五人グループだったので、合わせて男も人数を増やした。

間抜けなことに、キャンプ当日、前日から喉の奥に違和感があって、ぼくは風邪気味だった。

出発前は憂鬱《ゆううつ》だったが、現地に近づくにつれて体調の悪いことも忘れられそうだった。背の高い木々に覆われた鬱蒼《うっそう》とした山並みの緑が目に鮮やかで、陽光の眩しさに目を細める。街中はうだるような暑さだったが、空気が清涼なせいか、アスファルトの上よりは快適に過ごせそうな気がした。蝉の鳴き声があたりに響き、木立の陰はひんやりと土のにおいがした。

キャンプ場に着くと、女子と男子でそれぞれのロッジに分かれて、荷物を整理する。ロフト付きの建物で、下に三人、ロフトの上にふたり眠るようになっていた。

早速、昼食の準備にとりかかる。大人数になると、食事ひとつを作るにもなかなか意見が合わなくて大騒ぎになったりする。

好き勝手なことをいう連中を前にして、「わかった。じゃあ、こうしようよ」とまとめるのは栗田の役目だった。

女の子のまとめ役は中林《なかばやし》といって、栗田といつもにぎやかに話している子だ。ショートカットがよく似合う、快活で賢そうな美人だった。

ぼくは役割を振り当てられて、菊地《きくち》という女子と水場に野菜を洗いにいった。菊地は小柄で、真夏だというのに一度も日焼けしたことがないのではないかと思うほど透き通るような白い肌をしていた。あまり話したことはなく、ぱっと見ではおとなしい子だというイメージをもっていた。

「真野くん、料理とか得意？」

「いや、全然」

「わたしもあんまりやったことないんだ。でも、こうやってみんなで作るのは楽しいよね」

ニコニコと笑顔を向けられると、悪い気はしなかった。菊地はこちらがなにをいっても、たいてい笑ってくれる。話が途切れないようにあれこれと話しかけてくれるので、素直にいい子だなと思った。なによりも、やんわりと響くような可愛い声をしている。ぼくは単純なので、つんとすましている子よりは、こういうタイプに弱い。

図書館の女の子も、いちいちぼくの話に感心して頷いてくれて、楽しそうに笑ってくれていたっけ。自分がひねくれているぶんだけ、素直な人間が好きなのかもしれなかった。

野菜を洗って戻ってきたときには、すでに炭に火がつけられていた。下ごしらえをはじめると、高東の包丁の使いかたがうまいらしく、いちいち周囲から感嘆する声があがっていた。みんなから「これも剝《む》いて、あれも剝いて」と野菜を前に積まれている。高東は「俺に調子よく押し付けてるよな」とぼやきながらも手を動かしていた。

高東の隣にいて、「すごい上手」とほめて手を叩いているのは、山根《やまね》という女子だった。制服を着ているときにも大人っぽい印象の美人だが、私服になるとことさらその容姿が際立った。化粧をしているせいもあるだろう。タンクトップにシャツをはおっていたけれども、スタイルの良さも目を引いた。タイプじゃないと思うぼくでさえ、布ごしにはっきりとわかるその胸の大きさが気になったくらいだ。

本来、高東は女子にとっては気軽に声をかけられるタイプではないのだが、山根はそういう気後れもないようだった。笑いながら親しげに高東の肩を叩く姿を見ていると、「積極的な子だな」と思う。

高東は別段はしゃいだ調子に合わせることもなく、マイペースだった。だが、山根に向ける視線は、当然のことながら栗田などとじゃれあっているときとは違って、かなりすましていてよそ行きの表情だ。外見だけなら、大人カップルみたいでお似合いのふたりだった。

みなで食事をするときになっても、高東の隣には山根がいた。ぼくの隣も、やはり菊地が座っている。男女の人数を合わせていることから、なんとなくそんなふうになるのではないかと思っていたが、強制的にカップルを作られているみたいだった。

栗田にそんな知恵はないだろう。女子のまとめ役の中林がそうするように仕向けているに違いなかった。中林本人は、栗田のそばにいつも居場所を確保している。頭が良くてしっかりものというイメージなのだが、今日はいつになくはしゃいでいた。栗田に話しかけるときの、はにかんだ横顔を見ているうちに、鈍いぼくでもピンとくるものがあった。

積極的な山根と高東にしても、即席のカップルという感じが否めないのだが、栗田と中林は普段から仲がいいだけに、笑いあっている姿は自然に馴染んでいた。おそらく中林は栗田を好きなのだろう。

午後は、湖にボートを漕《こ》ぎに遊びにいった。ここでもやっぱり男女のペアになる。夕食はバーベキュー。食後は花火をしたあと、女の子のロッジのなかでゲームをしたりして、真夜中過ぎまで騒いで過ごした。

たしかに女子がいれば、それなりに気分が高揚して楽しかったけれども、ぼくはどちらかというと男同士で気楽にわいわいやりたかったので、少しばかり肩が凝った。女の子はみんないい子たちだったので、贅沢な不満だとわかっていたが、ようやくおひらきになって自分たちのロッジに帰りついたときにはほっとした。

出発前から少し風邪っぽかったが、夜になるとさらに頭が重くなっていたせいもある。こういう場所にくると、楽しい雰囲気を壊してしまいそうで具合が悪いとはいいだせない。ぼくは用心して荷物に入れてきた風邪薬をペットボトルの水でひそかに喉に流しいれた。

ジャンケンで寝る場所を決める。ぼくと栗田がロフトの上、高東とアーチェリー部の井上《いのうえ》と八代《やしろ》の三人が下の階になった。井上は派手でにぎやかに場を盛り上げるような男で、八代は明るくてすぐにいろいろと気のつくタイプだ。

「高東、山根といい感じだったじゃん。山根って、ふだんはクラスの男なんか眼中にないのにな」

ロフトにあがって下をのぞくと、早速、高東が井上たちにからかわれていた。みんな意外と見てないようでいてひとのことを見ている。

女子から仕入れた情報なのか、「大学生の彼氏がいるらしいよ」と栗田が下に向かって声をかける。

「あー、そんな感じ」

「そのわりには、やけに高東に接近してたよな。高東はああいうタイプ、どうなの？　今日一日の感想は？」

井上に肘をつつかれて、高東は少し考え込む。

「――胸がデカイ。あと、顔を見たら、けっこう美人だった」

「胸が先かよ」と突っ込まれて、高東は「先だろ」とおどけた様子で答える。笑いが沸き起こったものの、みんなであれこれいいあって、「いや、胸は重要だろ」という結論に落ち着いた。

「真野は？　菊地と仲良さそうにしてたね」

栗田がいきなり話を振ったので、今度はぼくに注目が集まった。下の三人からも見上げられて、少しばかり焦る。

「声がかわいかった」

無難に答えたつもりだったのに、下からは「今度は声か」と突っ込まれる。

「でもわかる。菊地ってアニメ声だよな。ちょっと癒される」

「アニメ声で癒されんの？　かわいいけどさあ」

下からあれこれ文句をつけられるので、ぼくは「ひとの趣味にケチつけるなよ」と睨みつけてやった。

隣でおかしそうに笑っていた栗田が、ふとぼくの表情をさぐるように小声でたずねる。

「――真野って、菊地みたいなタイプ好きなんだ？」

「そういうわけじゃないけどさ」

ふうん、と含みのある笑いを向けられるので、ぼくは栗田の肩を「なんだよ」と押してやった。

「おまえのほうこそ、中林とすごい仲良しじゃんか。彼女、おまえのこと好きなんじゃないの？」

てっきり「そんなことないよ」と笑われるかと思ったら、栗田はいくぶん厳しい顔つきになった。

「中林は、誰にでもああだよ。俺が特別じゃない」

きっぱりと否定されて驚いた。

ぼくの目から見たら、明らかに中林を栗田は特別な存在としてとらえている。たしかに彼女は気さくなタイプかもしれないけれども、栗田のそばにいるときはとてもかわいらしい表情を見せていたからだ。栗田は決して鈍感でないから、当然気づいているだろうと思っていた。

「俺はそういう気ないし。周りから変なことといわれると、困るから」

断言されてしまっては、それ以上突っ込んで話を聞くこともできなかった。

いよいよからだが重たくなってきたので、ぼくは早々に布団の上に寝転がる。風邪気味のところに疲れもたまっているせいか、だるかった。栗田の「眠いの?」という問いかけに「うん」と頷いて、からだを丸めた。

「……子どもみたいだなあ。すぐに眠くなるなんて」

違うよ、風邪だよ——といいかえしたかったけれども、口をつぐんだ。栗田がなんともいえないやさしい表情で、ぼくを見つめていたからだ。

「真野って、猫みたいだな」

「猫?」

「うん。——そんなイメージ」

ほかの相手なら剣突を食わせるところなのに、栗田に甘やかされるのは嫌いではなかった。彼にならべつに意地を張ったり、強がったりする必要性を感じないから。

——癒される。

図書館の彼女のことを思い出す。つまらない話を一生懸命に聞いていてくれた彼女。ぼくの好みというのは、女も男も変わらないのかもしれない。よくものが見える目をもっていて、あまのじゃくのぼくのことを理解してくれる相手……。

もしも、栗田が中林とつきあうようになったら、どうなるのだろう？

男友達とのつきあいも悪くなるだろうか。そう考えると、胸がちくりと痛む。彼がそんなに薄情だとは思わないけれども……。

いきなり淋しくなってしまって、ぼくがじっと見上げると、栗田はわずかにうろたえたように「なに」と問う。

「おまえは眠くならないの？　一緒に寝ようよ」

腕を引っぱると、栗田は困ったような顔をした。目をそらして、「あー、まだ眠くならないわ」と呟く。

「——おやすみ」

栗田はぼくの肩をぽんと叩いて、少しあわてたようにロフトの下へと降りていった。

弱りきったような背中——まるで逃げられたみたいで、ぼくはおもしろくなかった。

栗田が下に降りてから、「真野、眠るって」というのが聞こえてきた。案の定、「早いよ。子どもかよ」「あいつ、ほんと羨《うらや》ましいほどマイペースだよな」などという声が飛んでくる。

「——疲れた顔してたもんな」

高東の声だった。……ひとの顔色なんて見てるんだな、と少し意外に思った。

男連中は、しばらく女子の話であれこれと好き勝手なことをいいあって盛り上がっていた。そんなくだらない馬鹿話も、心地よい眠りにいざなうBGMのように聞こえた。

やがて、短い眠りに落ちた。目が覚めたのは、女子の声がいきなり耳に入ってきたからだ。「コンビニに行くから、ついてきて」「湖のほう、散歩しようよ。肝試し」などと話しているのが聞こえてくる。どうやら中林たちがお誘いにきているらしい。下から井上たちが「行く行く」と返事をしていた。

夜の散歩にいくのも悪くないと思ったけれども、なにしろからだがだるかったので、睡魔の誘惑のほうが魅力的だった。起き上がる気がしない。

ロッジを出て行く際に、「真野はー?」と誰かが声をかけてくれたけれども、ぼくは返事をしなかった。

「え、おまえも行かないのー?」

下でも誰かが残っているようだった。女の子たちを待たせているので、残りの連中はあわただしくロッジを出て行く。

中林がきてたから、栗田が残っているはずはない。じゃあ、誰が――と思いながら、ぼくは起き上がって下を覗いた。

残っていたのは、高東だった。気配を察したみたいにロフトを見上げて、ぼくと目が合うと微笑む。ぼくは瞬きをくりかえした。

「高東、なんで行かなかったの？」

「真野こそ」

俺は眠いから——と応えようとしたとき、高東が思いがけないことを訊いてきた。

「おまえ、具合悪いんじゃないの？　大丈夫？」

まさか気づかれているとは思わなかったので、すぐには言葉が返せなかった。

ぼくがやっとのことで「ああ」と返事をすると、高東はこちらの表情を見極めるような視線を向けながらロフトの階段をのぼってきた。「なんだよ」とからだを引きかけると、「熱は？」と額に手を伸ばされた。

「ちょっと喉が痛くて、頭が重いだけ。たいしたことないよ」

「——なら、よかった」

安堵したように目を細められて、ぼくは決まりが悪かった。栗田ならばともかく、高東にそんな目で見られるのは慣れていない。

「なんで俺が具合悪いってわかった？」

「そんな顔してたから」

——説明になってない。

ぼくのむっとした顔を眺めて、高東は空いている栗田の布団の上に横たわりながら笑った。

「そういう気配は敏感に察するんだ。妹がからだ弱かったから」

亡くなった双子の妹——以前、ちらりと洩らしたのを耳にしただけで、詳しく聞いたことはなかった。

「子どもの頃、妹は外出するとすぐに具合が悪くなるんだけど、親に知られると、帰らなきゃいけなくなるから、感づかれないように我慢するんだ。みんなで遊園地に出かけても、自分のせいで台無しになるから……体調が悪いのを隠して笑って、つらいのを堪えて……そういう顔を見慣れてるからかな。それで……俺も、すぐにそのことに気づくから、ちょっとしんどい」

妹の件に限らず、高東がこんなふうに自分のことを話すのは珍しかった。もっともぼくは栗田を通して知り合ってなんとなく三人でいるだけで、高東のことはろくに知らないのだ。こいつがなにを考えてるかなんて、ひとつも。

「——俺は、いい兄貴じゃなかった」

ぽつりとこぼされた一言に当惑する。

沈み込んだ横顔を前にして、ぼくはなにか話さなければいけないとあわてた。

「いい兄貴なんていやしないだろ。俺も兄貴がいるけど、あっちはこっちが知られてないと思うことまで感づいていて、勝手に気を回すからウザイんだ。よけいなちょっかいをだしてきたりしてさ」

いきなりしゃべりだしたぼくを見て、高東は目を瞠ったあと、小さく噴きだした。

「——真野のとこは、いいお兄さんなんだろうな。真野を見てると、かまいたくなる気持ちもわかるよ」

ぼくが「なんだよ、それ」と表情を険しくするのを見て、高東はからかうような目を向けてきた。

「なにが気に食わないのか知らないけど、むすっとしてるなと思えば、時々無邪気だったり、素直だからさ。——その境目になにがあるのか知りたくなるじゃないか。どのスイッチを押せば、笑うんだろう、怒るんだろうとか」

「俺はべつに好きでむすっとしてるわけじゃない。俺だって……」

声を荒げそうになったところで、ぼくははっとして口をつぐんだ。キャンプにきてまで、こんなことでいいあらそうのはどうかしてる。

ロッジにはほかに誰もいない。二人だけで淋しく残っている友人と、どうしていがみあわなければならないのか。

ぼくが押し黙ったので、高東は「どうした？」と顔を覗き込んでくる。

「——いや……やめよう、こんな話」

「なんで？　俺は真野がなにをいいたいのか、知りたいけど。好きでむすっとしてるんじゃなかったから、なんで？　話してくれよ」

「いや、いいよ」

「なんで」

頑固に首を振るぼくに、高東もしつこく食い下がってくる。いったんは醒《さ》めたはずの頭が再び熱くなった。

「いいんだよ。どうせ『俺が悪い』って話になるのはわかってるんだから……」

ぼくがたまらずに叫ぶのを聞いて、高東は声をたてて笑いだした。

「——自覚あるんだ？　それで、その態度なんだ？」

「悪いってわかってるけど……どうしようもないってことあるだろ。おまえはないのかよ」

高東はふっと笑いを消した。

「いや……あるよ。俺にも、それはある。悪いとわかってるのに、どうしようもないことはある」

実感することでもあるのか、妙に重みのある声だった。

素直に同意されてしまっては、それ以上なにもいうことがない。妙な具合に力が抜けてしまって、ぼくは布団の上に倒れるように横になった。

高東とあれこれ話していたおかげで、からだがだるいことすら忘れていた。興奮したせいか、いまになってどっと疲れが襲ってくる。

「熱でてきた？」

高東がからかうように頭をなでてくるので、「うるさい」と払いのけてやった。

栗田のようにそばにいて無条件にほっとできるわけではないのに、不思議とやわらいだ気分になっているのはなぜだろう。

ふわふわと宙に浮いているような心地よさ。つまらないことでいいあいをしながらも、不快ではなかった。春頃には、彼とふたりきりでいるのが苦痛ですらあったのに。

栗田とは違う。栗田はぼくを理解してくれているし、ぼくも少しは彼を理解していると思っている。

高東については——ぼくはなにも理解できていないのに、どうしてこんな気持ちになるのか。

いまも、そのすました横顔がなにを考えているのかわからない。ぼくはあらためて首をかしげる。

「……おまえ、なんでほんとに行かなかったの？　栗田たち、いまごろ女子たちと楽しくやってるよ。おまえなんか、山根に気に入られてたじゃないか。淋しがってるんじゃないの」

高東は「んー」ととぼけた声をあげながら天井を仰いだ。

「あの胸に誘惑されると困るから。拒める自信がない」

「誘惑するわけないだろ。彼氏がいるって話なんだから」

「でも、間違って好きになるかもしれないだろ。そしたら、困る」

「——おまえが相当な自信家だってことはわかったよ」

ぼくがうんざりと言葉を挟むと、高東は目をぱちくりとさせた。

「真野、なにか勘違いしてない？　山根が俺を好きになったらじゃないよ。そこまで自惚《うぬぼ》れてない。俺がもしも、山根を好きになったら困るから」

「なんで困るんだよ」

「彼氏がいるんだろ。でも、彼氏がいても——好きになったら、奪いとりたくなる」

なんとなくドキリとした。いつも悠然とかまえている高東の口からそんな生々しい言葉がでてくるとは思わなかったから。

——どちらにしても、自信家には変わりないじゃないか……。

「みんな、好みの子がいて、結構なことだよな。栗田も中林とうまくいきそうだし……」

自分ひとりが遅れた場所においていかれるようで焦りを覚える。どうしてこんなふうに不安になるのだろう。

栗田と中林なら、お似合いのカップルだ。友達として、ひがむ必要はないのに。

「淋しいの？　栗田は、中林のこと、特別に好きなわけじゃないと思うけど。真野にそんなこといわれたら、栗田は困惑すると思うよ」

「なんで、そんなことわかるんだ？」

栗田にも先ほど否定されたばかりだけれども、高東がそれを正確にいいあてていることが驚きだった。

「わかるよ。見てれば。中林はいい子かもしれないけど、栗田のほうは彼女が話しやすいから仲良くしてるだけだろ。男は好きな子の前では、もうちょっと力入るだろ、態度や言葉に」

たしかにぼくにも覚えはある。図書館の子にはお兄ちゃんぶった態度をとったし、それ以外にも意識している子にはそうするつもりはなくても無愛想になったかもしれない。

「真野ってさ――栗田のこと……」

高東は不思議そうにいいかけて、思い直したように口をつぐむ。ぼくが「なに？」問いかけると、困ったように笑ってみせる。

「あいつのことで、なにか気づくことない？」

ぼくが「なにかって？」と問うと、高東は「なんでもない」と目を伏せた。ごまかすように唇に浮かべられた笑みには覚えがあった。たとえば兄がぼくに対して、「こいつにいってもしようがないな」というとき、よくこんな表情になるのだ。

「真野は、好きな子はいないの？　好みのタイプは？　菊地みたいなタイプ？」

「……笑ってる子は好きだけど」

高東が不自然にニコッと微笑んでみせるので、ぼくは即座に「おまえは違うから」といいそえる。「つれないなあ」とぼやかれて、頬にかすかな熱が走った。まったく、変なやつ……。

「菊地は笑顔がかわいいタイプだよな」

しかし、菊地がタイプというわけでもなかった。先ほど考えていたように、自分の好みは男でも女でも終始一貫している。

やさしく受け止めてくれる相手が好きなのだろうか。栗田みたいに、なにもいわなくてもわかってくれるような？　いや、そもそもの元を辿れば図書館の女の子みたいな……。

「昔……小学校の頃に図書館で出会った女の子がいてさ。俺のつまらない話をニコニコしながら聞いてくれたんだ」

どうしてこんな話をする気になったのか。栗田はもちろん兄の直史にさえ、その女の子の存在は告げたことがなかったのに。

自然に口にしてしまったことに、自分で驚いていた。図書館で偶然会ったとき、ぼくが読んでいた子ども向けの探偵小説を、高東も読破したといっていた。だからだろうか。同じものに胸をときめかした経験があるから、彼女の思い出を告げてもかまわないと思ったのか。

もしかしたら、そんなことは関係なく、ぼくはただ高東になにかを告げたくてたまらなくなっていたのかもしれない。高東に、ぼくがなにを考えているのかを知ってもらいたくて――？

「その頃、探偵ものの推理小説が好きで、その子に自分でつくったトリックを話したり、ノートに書いたのを見せたりしたな。違う小学校の子で、そのうちにその子は図書館にこなくなってしまって——たった半年くらいのつきあいだったんだけど……いまも、その子のことは覚えてる」

週一回の逢瀬《おうせ》。彼女がこなくなってしまってからも、ぼくはしばらく同じ曜日に図書館に通い続けた。もう会えないのだとわかってからも、似ている背中を見かけるたびに胸が疼《うず》いた。

消えてしまった彼女は、いつまでもぼくの心のなかに残っていて、いなくなってしまった理由をあれこれと仮説をたてて考えた。彼女は家の都合で急に引っ越していってしまったに違いない。いや、もしかしたら、図書館にくることに——ぼくと推理ごっこをすることに飽きたのかもしれない。

事実を追求することは避けていた。会えなくなってしまった痛みも、すでに思い出のひとつに組み込まれていたから。やむをえない事情があったにしろ、胸に刻み込まれた感傷的な記憶を壊されるのが怖かったのかもしれない。

高東は黙ってぼくの話を聞いていた。話してしまってから、小学校のときに少しだけ仲良くしていた女の子のことをいまでも覚えているなんて馬鹿にされるかもしれないと気づいた。馬鹿にするなら好きにしろ——と思ったが、予想に反して高東はなにもいわなかった。しばらく口許に手をやったまま、考え込むように黙っていた。

「——その子のこと、好きだった？」

おもむろにたずねられて、頬が熱くなるのを感じる。

「好きとか……そんなふうに考える時間がなかった。だから、もう少し——一緒にいられたらよかったとは思ったけど」

振り返れば、あれは初恋だったと気づいたけれども、そのときはなにも感じていなかった。もう少し一緒にいられたら、自覚できたのかもしれない。

中途半端に残ってしまった想いは、完結してしまった感情よりもあとを引く。だから、図書館で本を読んでいた姿と名前以外、ほとんどなにも知らない彼女のことが忘れられない。

高東は「……うらやましいな」とひとりごちるようにいった。

「そういうふうに思えるのは、いいな。その子もきっと喜んでるよ」

妙に沈み込んだ雰囲気になってしまったことに、ぼくは困惑した。空気を読まずに変な話をしてしまったのだろうか。やっぱり話すんじゃなかった……。

頭が熱くなってきたので、ぼくは「もう寝る」と逃げるように布団のなかにもぐりこんだ。

「そうだ。具合悪かったんだっけな。ごめんな——話しかけて」

ぽんと頭を叩かれて、ぼくは胸が不規則な鼓動をたてるのを聞いた。疲れているのに、まったく眠気がうせてしまっていた。そのうちに電気が消されたけれども、高東はロフトの下におりていかず、栗田の布団に寝転がったままだ。ここで眠る気らしい。あれこれと話したせいで神経が冴えてしまって、ぼくは眠れそうもなかった。

しばらくすると、女子たちと出かけていた栗田たちが帰ってきた。電気が消えていたので、三人ともぼくたちが寝ていると思ったのか、こそこそとした様子だった。

高東もまだ眠ってはいなかったらしく、気配を感じるとすぐさま「帰ってきたか」と起き上がった。ロフトの上から、「おかえり」と電気をつけながら声をかける。ぼくもからだを起こして、一緒に下を覗き込む。

いきなり灯りがつけられて眩しかったせいか、栗田はロフトを見上げて、固まってしまったように動かなかった。応えたのは、隣にいた井上だった。

「なんだよ。おまえら、寝てたんじゃないの？　つきあいの悪いやつらだなあ」

「寝てたよ。おまえたちが帰ってきたから、目が覚めたの。どうだった？　湖で肝試しでもしてきた？」

「楽しかったよ。けど、男の人数が足りなきゃ、しらけるだろ」

八代があれ、というような顔をした。

「高東、寝場所、下のはずだろ？　なんでロフトで寝てるの？」

「おまえたちがいなくなったからだろ。ふたりしか残ってないのに、上と下で分かれてるのも変だからさ。さっきまで、真野とふたりで星を見ながら淋しくお話ししてた」

「そんなことしてるんだったら、出てくればよかったのに」

井上と八代のふたりに文句をいわれたが、高東は「ごめんな」と笑っただけだった。

栗田が心なしか表情をこわばらせてロフトの階段を上がってくる。

「高東、ジャンケンしただろ？　そこ、俺の寝場所」

正直なところ、もうすでに高東が寝ていたのだから、いまさら場所にこだわらなくてもいいだろうと思った。高東もてっきりそういいかえすだろうと見ていたら、意外なことにあっさりと立ち上がって場所を空けた。

「悪いな。下でひとりで寝るのが怖かったからさ」

高東はロフトの下へと降りていく。栗田はためいきをつきながら、まるで居場所を主張するように布団の上に腰を下ろした。

「真野も一緒にくればよかったのに」

責めるようにいわれて、ぼくは「ごめん」と謝った。

たしかに高東と話しているくらいだったら、外に出たほうがよかったのかもしれない。

自分の布団でひとが寝ていたのはよほど腹が立つことだったのか、あまり表情にはださなかったものの、栗田はその夜、一晩中怒っているように見えた。

4

お盆に兄の直史は帰ってきたが、実家に滞在したのはほんの三日ほどだった。

奈津子とは旅行にいったらしいが、すぐにバイトがあるからと帰っていく姿を見て、なにやら不穏な予兆は感じていた。

夏休みが終わり、やがて残暑も過ぎて、秋風が吹きはじめた頃には直史はほとんど家に帰ってこなくなった。六月頃まで毎週末ごとに帰ってきていたのが嘘のようだ。二段ベッドはずっと使われずに、部屋は完全にぼくひとりのものになった。母親に「新しいベッドを買ってもいいだろうか」と相談したら、「しょうがないわね」と嘆息された。

二段ベッドは解体され、粗大ゴミの日にぼくの部屋から消えた。真新しいベッドのマットに横たわり、ひとりで大の字になって天井を見上げながら、あれほど忌々しいと思っていたはずなのに、兄の陣地が部屋から失われてしまったことに一抹の淋しさを覚えた。

最近、奈津子の姿も見ない。自分が立ち入ることではないけれども、直史との関係はどうなっているのだろう。

その答えを知ったのは、十一月の終わりだった。学校帰りに栗田とふたりでショッピングセンターをぶらぶらしているとき、前方を歩いてるカップルの片割れがよく見知った顔であることに気づいて、ぼくは思わずうつむいた。

奈津子だった。相手の男は兄ではない。友達というには、親しすぎる距離だった。

ふたりがもしかしたら別れたのではないかと思っていたけれども——予感が当たっていたことにショックを覚えた。

「真野？　どうした？　ぼーっとして」

栗田が心配そうに問いかけてきても、ぼくはなにもいえなかった。ようやくふたりの姿が見えなくなってから、重い口を開く。

「ごめん。……いま、なっちゃんが兄貴じゃない男と歩いてたから」

「——なっちゃんって？　幼馴染みのお姉さん？」

ぼくが頷くと、栗田は「そっか」と顔をしかめた。

「浮気現場を目撃しちゃったか。でも、ただの友達かもしれないだろ？」

ぼくは「——そうだな」と返事をしながらも、絶対に友達ではないと確信していた。

少し前から、兄と奈津子はたぶん別れたのだろうと思っていた。直史は夏には奈津子と旅行にいったはずだが、その前から地元に帰ってくる機会が減っていた。新しいつきあいで忙しかったのだろう。奈津子も地元の大学に通っていて、出会いがあるだろうし、互いにすれちがってしまったのかもしれない。

それにしても、一年もたたないうちの変化——幼馴染みで、とても仲がよかったのに、そんな直史と奈津子が別れてしまうことが信じられなかった。今度奈津子と顔を合わせたら、どういう顔をしたらいいのかわからない。

奈津子はたぶん変わらぬ笑顔で「裕くん」と話しかけてくるだろう。兄のことも訊けば、きちんと説明してくれるに違いない。「やっぱり離れちゃってるからね。直史も大学で新しい友達と楽しそうだし。だから、やめようかって話になったの」、もしくは「いつもそばにいてくれる彼が欲しくなったの。直史にそれを頼むわけにはいかないし」——そんな理由だろうか。どちらにしろ、自分に気を遣って、きっと奈津子はなんでもないことのように振舞う。

もう以前のように、奈津子が家に遊びにくることはないに違いない。いつも、いつ訪ねてきたのかわからないくらい、自然に家族みたいにうちのなかに溶け込んでいたのに……。

「——なっちゃんと兄貴、つきあわなければよかったのに」

思わずぽつりと洩らした一言に、栗田は苦笑する。

「真野が決めつけることじゃないだろ。まだわからないんだし」

「……わかるんだ。最近、兄貴、帰ってこないし。たぶん駄目になったんだろうなって……でも、こんなに早く別れるなら、幼馴染みの仲良しのままのほうがよかった。気まずくなるくらいなら」

ただ呟いてしまっただけで、とくになにかをいってほしいわけではなかったから、栗田が腹立たしげな声をだしたときには驚いた。

「そんなことないだろ。真野が意味がないみたいにいうことないじゃん。お兄さんだって……なっちゃんだって、互いに好きだったんだろうし。残念な結果になっても、つきあわないほうがよかったってことはないよ」

栗田のいうことはもっともだが、兄と奈津子は離れていても大丈夫だと思い込んでいたせいで、ぼくにはショックが大きかったのだ。

「意味がないっていうより、怖いんだよ」

「怖い？」

「好きか、嫌いかしかなくなるなんて、しんどい。つきあわずに、幼馴染みの仲良しだったら、離れてたって縁はつながってるし……そのほうがいいって、そう考えるのだって、おかしくないだろ」

恋愛は、いつも誰かが蚊帳の外。誰かが選ばれたら、誰かは選ばれない。

相手に受け入れられるか、消え去るか。必要か、必要じゃないか。必要じゃないといわれたら、相手の世界から消えなければならない。

だったら、わざわざそんな土俵に立たなくてもいいのではないか。兄と奈津子のように、それ以外に築ける関係があるのなら……。

「でも、それじゃ、相手に深く関わりたくないみたいに見える。つかず離れずじゃなくて……特別になりたいって思うこともあるだろ。真野は、そんなふうに思ったことないの？」

いつもぼくのぼやきを聞き流している栗田が、どうしてこの件に限って、しつこく食い下がってくるのかわからなかった。まるで責められるような流れになって、ぼくもつい意地になる。

「俺じゃなくて……兄貴となっちゃんの話をしてるだけだろ。ただ残念だって思うから」

誰かの特別になりたいと思ったことはある。

だけど、そう簡単に特別になれないことも知っている。

たとえば、友人関係だって、ぼくはいつでも栗田の一番でいたかった。でも二年になってから高東が現れて、その位置関係が微妙になった。最初の頃は、高東に対して、とにかく「栗田と仲がいいのは自分だ」と子どもっぽい主張をくりかえしていた覚えがある。

でも、いつも三人でいるから、ぼくは高東に対してそう攻撃的でいるわけにもいかなくなって——。

友達はべつに自分ひとりだけのものじゃない。

独占欲を剝きだしにしても、しようがないこと。自然に丸くなっていくしかないことを、ぼくなりに学習しているつもりだった。尖ったままでは、自分自身をも傷つける。

それなのに——いったいなにが、それほど栗田の癇《かん》にさわるのかよくわからなかった。

「なんで今日に限って、栗田はそんなにムキになるの？　兄貴となっちゃんのことなんか……栗田はよく知らないじゃないか」

「——知らないけど」

栗田はようやく冷静になったらしく、渋々と「たしかに」と頷いた。

「真野が冷めたことというからだよ。『うまくいかないなら、つきあわないほうがいい』なんて考えられたら、これから真野の彼女になる子がかわいそうだ」

「生憎《あいにく》、そういう予定がまったくないから、勝手なことといってるんだけど。俺はおまえや高東と違ってモテないの」

ぼくが嫌味たらしく返すと、栗田は小さく笑った。

「俺だってモテないよ。真野は、とっつきにくいから、声をかけにくいだけで、気にしてる子も多いと思うけど。女の子受けする顔してるし」

「ほめてもらっても、モテない事実は変わらないんだよな。残念なことに。おだて上手の友達がいるせいで救われてるけど」

「あーあ」とおおげさにためいきをついてみせると、栗田の表情がいつもと同じようにやわらかくなった。それを横目で確認して、ぼくは安堵する。

「真野は『特別』になりたいと思ったことあるの？　真野の『特別』って、誰なんだろうな」

ふいにぽつりと問われて、ぼくは返事に窮した。

いつだって誰かの特別になりたいとは思っている。

その昔、兄の直史に対抗心を燃やして、兄弟同士でいつも張り合っていた。両親の特別になりたいと願っていたからだ。奈津子に対しても、淡いながらも似たような感情を抱いた。図書館の女の子に対してもそうだ。それこそ、栗田の特別になりたいと思ったこともあった。

そして、いまは――。

「変なこと訊いて、悪かったな」

ぼくが答えをだす前に、栗田はその質問を打ち消してしまった。

ぽん、と叩かれた肩が、なぜだか重かった。

決まりが悪そうに少し先を歩いて行く背中を見ながら、ぼくはどうして栗田がそんなことを訊いてきたのかを考えた。

あとになってから、このときのやりとりをくりかえし思い返して、まるで味のしなくなったガムを嚙み続けるみたいに――自分でもあきれるくらいに考えた。

栗田が部活がある日は学校に残る用事を作って高東と帰らずにいたが、夏が過ぎた頃から自然とふたりでも一緒に帰るようになっていた。

その際に、駅近くの高東のマンションに寄ることも多くなった。父親が留守がちだという彼の部屋は、友人たちのたまり場所としては最適だった。秋頃には、栗田やぼくだけではなく、キャンプに行った井上や八代ら数人がよく集まるようになっていた。

夏休みにクーラーが壊れたときに部屋に行ったのが最初で、ぼくはひとりでもよく高東の部屋を訪れた。とくになにか用事があるわけでもない。

居心地のいいリビングで、課題や予習をやったり、ＤＶＤを見たり、たまにはくだらない話をしたりもした。

大勢でいるときは馬鹿騒ぎするのに、ふたりきりでいるときは、やはり高東はいつもと少し様子が違って見えた。以前、まだあまり口をきかなかった頃、「真野がなにをしゃべったら喜ぶのか、わからない」と彼はいったが、それなりに親しくなっても、ふたりになると妙な静けさがあるのは変わりがなかった。

それでいて、決してそれが気まずい沈黙というわけではないのだ。ぼくも自由にのんびりと手足を伸ばしているような気分にさせられる。不可思議な、心地よい緊張感。

いったん議論することを見つけてしゃべりだすと、ロッジで過ごした夜のように、ぼくは珍しく饒舌《じょうぜつ》になったし、高東もよく話した。だけど、それ以外のときは高東はおおむね普段よりも口数が少なかった。なにを考えているのか、相変わらず読めない横顔。

栗田と三人でいるときの態度にも、ぼくは微妙な変化を感じとっていた。以前は、高東は栗田といつも声を合わせて笑いながら、まるで仲の良さを見せつけるようにちらりとぼくを見るようなところがあったのだが、それがなくなった。最近ではなにかもの思いに耽《ふけ》っているような顔ばかりしている。

そしてぼくが栗田としゃべってるとき、高東の視線を感じることがある。

栗田は気づいていないようだったが、ぼくがそれとなく振り返って目が合うと、高東は静かに微笑む。すぐに目をそらすけれども、しばらくすると、また視線が向けられているのを感じる。

てっきりからかわれているのかと思って、あとで「さっきはなんだよ」と睨みつけると、高東は少し目を瞠って、まるで自分のなかに生じた感情に困惑するかのような表情を見せるのだ。

「真野と栗田は仲良くて、微笑ましいなと思って見てた」

かすかにチクリと刺さる棘《とげ》のようなもの――高東は、栗田とぼくが楽しそうに話していると、おもしろくないのだろうか。

もしかしたら、ぼくが最初の頃に栗田と高東に対して感じていたような疎外感を、彼もいまごろ覚えているのかもしれなかった。

その日、ぼくはいつものように高東のうちに学校帰りに寄った。床に座ってだらだらとテレビを見ていたら、後ろのソファから例の視線を感じた。

振り返ると、高東は雑誌を手にしたまま、ぼくを見つめていた。目が合っても、そらすことなく、ぼんやりとひとを観察するような視線を寄こす。

「——なに？」

「いや……真野は、俺のうちにこうやってよくきてること、栗田に話してんの？」

「栗田に？　……いや、話したことはないけど、知ってるんじゃないの。井上たちだって、よくきてるの、知ってるんだろ」

「井上たちがきてることは知ってても、真野がひとりできてることは知らないんじゃないかな」

それがなにか問題があるのだろうかと首をひねった。高東はぼくが怪訝《けげん》な顔をしているのを見て、かすかに笑った。

「話さないほうがいいと思うよ。栗田が部活のとき、真野がひとりで俺のうちにきてるってこと」

「…………」

どうしてだ、と問う前に、言葉を飲み込んでしまった。なにが問題なのかわからないが、たしかに栗田はぼくが高東のうちにひとりで遊びにきていることを知ったら、喜ばないような気がしたからだ。

　ある意味、三人がそれぞれ同じ思いをもっているのなら、公平かもしれないとそのときは呑気に考えた。

　すべてはぼくが勝手に推測しているだけで、曖昧《あいまい》なものだった。なぜ栗田はぼくが高東とふたりでいるといやがるのか。高東はなぜそのことを知っているのか。当時は確定していることなどひとつもなくて、事象はつねに変動可能で、不安定な絵模様を描いていた。だから、はっきりしないことがあったとしてもあまり気にしなかった。結論がでていると思えることのほうが少なかったから。

「井上たち、昨日もきてたんだろ？　おまえ、最近、あいつらと仲いいのな」

　一緒にキャンプに行った井上や八代たちと高東が時々つるんでいるのは知っていた。あきらかにぼくや栗田と一緒にいるときとは話題が違っていて、井上たちが話すのはたいてい女の子のことだ。

　井上たちと一緒になって、何度か女の子たちと遊びにいった――という話は聞いたことがあった。ぼくも何回か誘われたが、井上たちのノリが苦手なのでことわった。

「昨日も、女の子たちと一緒？」

「いや……昨日は、男ばっかり。エロいDVDとか、みんなで交換していったよ」

「なにやってんの？　おまえたち。そんなの、どこにあるんだよ」

「見る？」

高東が笑いながら指差した先を目で追うと、テレビ台の脇に紙袋が置いてあった。そのなかにアダルトのＤＶＤが何本か無造作に入れてある。

ぼくが取りだして、しげしげと眺めていると、高東は「なんだ」とがっかりしたような声をだした。

「真野はそういうの、『いやだ』って恥ずかしがるかと思ってた」

「どんな聖人君子なんだよ。俺だって見るよ。俺、兄貴いるっていっただろ。こんなの、部屋の床のそこらじゅうに転がってたよ」

「清らかな初恋の思い出があるくせに」

「それと、これとは話がべつ」

とはいいながらも、ぼくはなんとなく後ろめたい気持ちになって、紙袋にＤＶＤを戻した。

「――だよな。真野は健全だもんな。ひねくれてるのは表面だけで」

一言よけいだ、と返すと、高東はなにやら疲れきった様子で笑った。

「持って帰ってもいいよ。ここで見たいなら、見てもいいけど――俺はもう昨日、さんざん見たから、気力がないな」

ずいぶんと投げやりなせりふに、違和感を覚えた。

アダルトのＤＶＤはともかく、女の子たちの話を振っても、高東は少しも楽しそうに見えたことがないからだ。

「……高東、井上たちに女の子紹介されてるんだろ？　つきあってんの？」

「何回か一緒に遊んだかな。……でも、『ごめんな』ってことわった」

「――そっか」

なにやらほっとした気持ちになったのはなぜだろう。そういえば、栗田と中林が仲良くしているのを見たときにも、置いてきぼりにされるようで胸がちくりと痛んだことを思い出す。

「なんで急に、紹介してもらったりしたわけ？」

キャンプのときには、ぼくと一緒にロッジに残って巨乳の山根を避けていたくせに、夏以降にいきなり井上たちと親しくなって、女の子と遊んでいる理由がわからなかった。

「――おかしい？」

「おかしくないけどさ。おまえ、いままで、ろくに話したことないのに、好きになれないって、告ってきた子をことわってたじゃないか。それがどうして積極的になったのかと思って」

「――好きな子をつくらなきゃ駄目かな、と思って」

「……なんで？」

高東は難しい顔つきになって、しばらく考え込んでいた。ためいきをついて、呟くようにいう。

「なんでかな。なんか、そうしなきゃいけないような気がしたんだ」

その日、ぼくはべつに用があるわけでもないのに、なんとなく腰をあげにくくなって、高東の部屋に遅くまで居座った。

どうしてなのかはわからない。ぼくの思い込みかもしれないけれども、夏休みに初めてこの部屋にきたときのように、高東が誰かにそばにいてほしがっているように思えたのだ。

ぼくがだらだらとテレビを見ていると、そのうちにソファに座っていた高東は倒れ込んで眠ってしまったようだった。

「おい、風邪ひくよ」

何度も起こしたが、びくともしない。そろそろ帰らなければならない時間になっても目を開けようとしないので、ぼくは途方に暮れた。

「なあ……なんか上にかけたほうがいいから……毛布とか、どこにあるの？」

高東はうるさそうに寝返りを打って、ぼくから顔をそむける。

「……俺の部屋のベッド」

「とってくるよ。このままじゃ、風邪ひくから。玄関から見て、右側のドアだよな？」

このまま帰るわけにもいかないので、部屋の位置を確認する。

いつもリビングにいるので、高東の部屋には入ったことがなかった。玄関から入って、最初の右側のドアを開く。もう暗かったので、壁ぎわに腕を伸ばして、電気のスイッチをさぐった。

灯りがつくと、ベッドと机がある部屋の全貌《ぜんぼう》が見えてきた。ものすごく綺麗なわけでも汚いわけでもない、ごく普通の散らかり具合の部屋だった。

あまりひとの部屋をじろじろ見るわけにもいかないので、ぼくはベッドから上掛けをとって、すぐに出るつもりだった。

ベッドの上に丸まっている毛布を手にして、踵を返そうとする。そのとき、机の上にある写真立てに目が止まった。家族写真のようだった。

そんなふうに自室に家族の写真が飾ってあるのは、ぼくにしてみれば珍しかったし、自然と目が吸い寄せられた。両親と、まだ幼い高東、そして同じく小さな女の子……。

目を凝らして、瞬時に凍りついた。それがおそらく、亡くなったという双子の妹だということはすぐに察しがついた。

ぼくが写真を見つめたまま動けなくなってしまった理由は、その写真のなかで微笑んでいる少女の顔に見覚えがあったからだ。

記憶にうっすらと——だけど、消えないように刻み込まれた顔。図書館で出会った女の子によく似ていた。いや、そうとしか思えない。

なにをどう理解したらいいのかわからなくて、ぼくはしばらくその場に立ちつくしてから、写真立てを手にしてリビングへと戻る。

高東はソファに横たわって眠っていた。初めてなのに、最初からどこかなつかしいようにも思ったのは、彼女と面影がだぶるせいだろうか。まったく似ていないように見える。だけど、あらためて寝顔と写真と見比べると、鼻すじや口許の輪郭が重なった。

——こんな偶然……。

気配を察したのか、高東が目を覚まして上体を起こした。「どうした?」と問いかける声が途中で硬くなる。

ぼくの手にあった写真立てを見たからだ。

「……勝手に見て……ごめん。この子、俺の知ってる子に似てるんだ……」

それ以上、言葉がでてこなかった。

いきなり図書館の子がおまえの妹だった、といっても、そんなことは高東が知りたくもない話かもしれない。

だが、高東は驚いた顔も見せずに「うん」と頷いただけだった。

「——わかってる。ごめんな、ちゃんと説明しなくて」

ぼくは茫然《ぼうぜん》とした。高東は目を合わせていられないといいたげに視線を落とした。

「……美緒は俺の妹なんだ。真野のことは、知ってた。……美緒が俺にいろいろ話してたし、美緒がもってた名前を書いたノートがあったから」

「——だって、名字が……違う」

まだどこかで信じられなくて、ぼくは矛盾点を指摘する。

彼女は「一ノ瀬美緒」だと名乗った。

それに、もし、彼女が高東の妹だというのなら、もう……。

「一ノ瀬は、母の姓なんだ。ちょうど離婚したときで……美緒は母の姓を名乗ってた。毎週木曜日に、母は美緒を連れて、東京の大学病院まで診察してもらいにいってたんだ。俺は父親に引き取られてたんだけど、その病院から帰ってきたとき、駅のショッピングセンターで母親たちと会うことになってた。美緒が図書館に行ってたのは、母が夕飯の買い物をしてるときだったんだ。美緒が疲れてて、あちこち連れまわすわけにはいかないから、買い物をしている一時間、俺が『面倒をみてあげてね』って頼まれてた」

あの女の子はいつもひとりでいた。高東らしき男の子が一緒のところなど見たことがなかった。もし誰かがそばにいたら、ぼくは声などかけなかっただろう。

高東はぼくの疑問を察したのか、苦笑した。

「――俺は、薄情な兄貴だったから、美緒を図書館に置いて、『じっとしてろ』っていいつけて、外に遊びに行ってた。あの子は本が好きで、図書館なら喜んでひとりでいたから。美緒はいつも時間になると、自分から外に出てきてたから、真野は俺を見たことはなかったと思う。でも、俺は、真野を何度か見たよ」

いきなり思い出のなかで生きていたはずの人物が亡くなっていたといわれても、すぐには頭のなかが整理できなかった。

ぼくがなにもいわずに黙っているのを見て、高東は申し訳なさそうに目を細めた。

「……ごめんな。真野のことは、栗田に紹介されたときに名前を聞いて、すぐに美緒の友達だって気がついたんだ。だけど、図書館で週に一回顔を合わせてただけだし、俺が話に聞いている限りではたった数か月のことだったし……美緒は学校を休みがちで友達がほとんどいなかったから、真野のことをすごく仲良しだって思い込んでたみたいだけど、真野のほうは美緒を覚えてないかもしれないって思ったんだ。何度も『一ノ瀬美緒って知ってるか』って訊こうとしたけど、もしも覚えてなかったら、いきなり亡くなった話をされても困惑するだけだろうと思って」

熱いものがじわじわと込み上げてくるのを堪《こら》えるために、ぼくは唇をゆがめた。

「俺だって、仲良しだって思ってたよ。彼女の思い込みじゃない。俺はおまえに……図書館で会った女の子の話、したよな……？」

「——あれを聞いたら、よけいにいえなくなった」

その一言で、それ以上の説明は必要なかった。もう充分だった。ぼくはなにもいえずにうつむいて、唇を嚙み締めながらかぶりを振った。

「そのうちに……って、思ってるうちに、なかなかいえる機会がなかったんだ。ほんとにごめん」

高東に謝られることではなかった。ぼくはひたすらかぶりを振り続けた。もういい、といっているつもりなのか。それとも、いきなり知らされた事実を否定したくてたまらないのか、よくわからなかった。

混乱している耳もとに落ちてきた一言。

「ありがとう——美緒のこと、覚えててくれて」

それから、ぼくは自分がどう応えて、高東のマンションを出てきたのか覚えていない。

彼女のなにを知っていたわけでもない。週に一回、図書館で会って探偵小説の話をした。病気のことも知らない、学校で友達がいなかったことも聞いていない。ほんとに断片的な一部分を知っていただけ。それを綺麗なイメージで思い出にして、勝手に自分のなかで理想に祭り上げていただけだった。

もし、成長して会えたら——と漠然と考えていただけで、その行方を必死に追うことすらしなかった。自分の思い出が壊れるのが怖かったから。

かなしむ資格すらないかもしれないのに、胸が苦しくて、その夜は眠れなかった。

結局、一晩中起きていて、母親に「もう寝なさいよ。あした学校でしょう」と怒鳴られながら、テレビの深夜バラエティを見ていた。くだらない映像なのに、涙が止まらなかった。

5

二年のときの桜並木はうつむいてばかりで幻のような記憶しかなかったが、三年の春、ぼくはもう坂道で先を行く高東の姿を見つけても知らん振りはしなかった。後ろをだまって歩かなければならないほど、その背中は遠くには見えなかった。

後ろから「おはよう」と声をかけると、高東は少し驚いた顔を見せた。それからしばらくどうでもいいことを話しているうちに黙り込み、薄笑いを浮かべてぼくを見る。

なにか含みがあるように思えて、ぼくはむっと唇を尖らせた。

「なんだよ、気持ち悪いな」

「感激したんだよ。真野が俺ににっこり笑って『おはよう』っていってくれたから。去年の春なんか、あきらかに俺を無視してたからな」

「……無視してないし、にっこり笑ってもいねえよ」

ぼくはわずかに赤くなりながら返した。

笑っているのは高東のほうだった。こちらはむっつりしているのに、ひとりで楽しげに目を細めて視線を宙に向けている。

「春だな」

つられて頭上を見上げると、すでに満開の白い桜の光が目を刺した。視界いっぱいに白い光が広がるその情景は、まるで絵葉書から抜けだしてきたようだった。あまりにも鮮やかで、目に痛い。その年は開花が早く、春の風に煽《あお》られて、すでに花弁がちらほらと舞いはじめていた。

「……くす玉みたいだな」

高東がふと洩らした一言に、ぼくは思わず「は？」と顔をしかめた。

「桜並木って、満開の時期は大きなくす玉がいくつもぶらさがっているみたいだと思わないか？　それがいっせいに割れる感じ。くす玉って、紙吹雪がでてくるだろ？　桜が散るのって、あれと同じで」

「待てよ。桜は散るところに、儚《はかな》げな風情を感じるもんだろ？　どこがくす玉と一緒なんだよ」

思わず異を唱えたが、高東はさして気にしてない様子で「だって春だからさ」と呟く。

「春だから、祝福してくれてるのかと思ったよ。入園とか入学とか、新しい始まりに桜って付きものだろう？　だから、花が散るのは、おめでとうって感じの紙吹雪で。天然のくす玉」

そういわれて桜に目を凝らしていると、にぎやかな音が聞こえてきそうな気がした。パチパチパチと手を叩く音。頭の片隅をよぎったのは、拍手に出迎えられて行進した小学校の入学式の記憶だろうか。

「……おめでたいやつだな」

「真野は相変わらず容赦ない」

憎らしそうに返してきたものの、高東は気を悪くした様子はなかった。妙に晴れやかな顔をしている。

「俺のいってることは、美緒のいってることと同じなんだから、否定しないでほしいな」

「彼女とおまえは似てないじゃないか」

「似てるよ。真野が知らないだけ。二卵性だけど、双子だから、魂が通じてる」

「嘘つけ」

図書館の彼女が高東の亡くなった妹だと知った直後は、しばらくそのことを話題にできなかった。

時間がたつにつれて、徐々にその事実はゆっくりと思い出に溶け込んでいった。いままでよりも、さらに愛しい記憶として、心のなかに彼女は残る。事実を知って、数か月たったいまでは普通に口にできるようになっていた。

もう二度とその行方を知ることもないと思っていた彼女の兄弟と、こうして高校で友達になったのもなにかの縁なのだから。

「……おまえが俺と仲良くしようって思ったの、彼女のことがあったからなのか」

高東は即座に「まさか」と否定する。

「もちろん、真野に嫌われたら、美緒に申し訳ないとは思ったけどさ……だからって、それだけで仲良くしようと思ったわけじゃない」

以前だったら、ぼくはその言葉を信じられなかったかもしれないが、いまは不思議と素直に聞くことができた。

「じゃあ、なんだよ」

高東は小さく笑いを洩らした。

「俺がただ仲良くしたかったから。俺と美緒は好みが似てるんだよ」

「おまえと彼女は似てないって。双子でも、似てない双子だ」

「俺と美緒は、七五三のときには、衣装を取り替えて写真を撮ったんだ。今度、見せてやろうか。そっくり、というより、俺のほうが綺麗に撮れてる」

「見たくない。っつーよりも、彼女のがかわいいに決まってる」

「美緒が読んだ本は、全部俺が読んだ本だし、美緒が好きな食べ物は俺も好きだったし、蛸《たこ》の刺身と干し柿が食べられないのも同じなんだ」

「だから、俺も？　食べ物と同レベルなのか」

ぼくがうんざりしながら問うと、高東は笑って頷いた。

「そう、困ったことに――似てるんだよな。最初は、『これが美緒の初恋の男の子か。あいつ趣味悪い』って思ったんだけどな」

かすかにその目許が翳る。ひとりごちるような声を聞いて、ぼくはゆっくりとその横顔を仰ぎ見る。

失礼なことというな、と文句をいうつもりだったのに、なぜか声がでなかった。

わずかにうつむきがちに視線を落としている横顔の輪郭を、背景の桜ともども切り取りたいと思った。そう考える自分の心の動きにとまどう。

ふいに、ぼくの目の前の高東の表情が、それこそ画像に切り取られたみたいに静止する。それが目の錯覚ではなくて、高東がぼくをじっと見つめたまま動かないのだと知って、瞬きをくりかえした。

似てると困る――ってなんでだ？

息苦しさを覚えながらも、ぼくは視線をそらすことができなかった。先に動いたのは高東のほうだった。はりつめたような表情を崩して、なにもいわないまま目を伏せる。

「おーい」

ちょうどそのとき、栗田が後ろから追いかけてくる声が聞こえた。

タイミングよく、ぼくと高東は並んで振り返った。いっせいに向いたからだろうか。こちらに近づいてくる栗田の表情がこわばるのが見えた。

「おはよ」

ふたりして栗田に声をかけたけれども、応える栗田の声は微妙にうわずっていた。唇を引き結び、どこか不機嫌な顔を見せる。

いつものように他愛もないことを三人で話しながら歩いたが、話が途切れるたびに気まずさが漂った。

以前よりも強く感じること——三人でいるときのバランスの悪さ。

どうしてこんなふうに感じるようになったのだろうか。ぼくと高東がそれなりに親しくなったから……？

やがて別のクラスメイトに声をかけられた高東は足を速めて、ひとり先に行ってしまった。はりつめたものが消えて、途端に楽に呼吸できるようになった。やれやれとぼくはひそかに息をつく。

「——さっきなに話してた？」

ぼくの隣に並びながら、栗田がたずねる。

「なにって……べつに？」

「なんか声かけづらい雰囲気だったから」

たしかに少し妙な空気だと思った。そのことをごまかすために、ぼくは「そうかな？」とことさら驚いてみせた。

「最初、遠くから見てるとき、ふたりして見つめあってるからさ。何事かと思ったよ」

「ああ……あれは……なに話してたんだったかな」

図書館の彼女である高東の妹のことは、栗田には話していなかった。べつに隠しているつもりはなかったが、あらためて告げようとすると、なにから話していいのかわからないせいもあってタイミングを逸していた。

自分の胸に大事に抱きしめすぎて、外に出すことができない。誰にも話さずに、このまま秘密にしておきたいような……。

彼女の兄である高東との、奇跡のような出会いについても、ぼくは栗田にうまく話せる自信がなかった。

ぼくは「たいしたことは話してないよ」ととぼけた。栗田は納得できない様子だったが、「ふうん」とつまらなそうにいっただけで、詳しく知りたくないのか、それ以上突っ込んではこなかった。

「……だけど、真野は高東とほんとに仲良くなったんだな。最初あれほど苦手だっていってたのに。——意外だな」

ぼくと高東が話している内容よりも、そのことがなによりも気にかかるといいたげだった。

少しチクリとしたものを感じる。栗田と話していて、こんなことはいままでなかったのに。

「いつも一緒に行動してりゃ、親しくもなるよ。いくら人見知りの俺だって」

「まあ、そりゃそうだけど」

「だって、もともと高東は栗田の友達じゃないか。

「おまえが連れてきたのに……仲良くなって、なにが悪いんだよ。おまえのいってるとおり、最初は苦手だったんだぞ」

栗田はどこか遠い目をしてぼくを見たあと、「そうだな」と低く呟いた。

「俺が『いいやつだよ。仲良くしてくれ』っていってたんだよな。——どうかしてるよな」

落胆したような表情が、ぼくの胸をまたかすかな痛みで疼かせる。この棘の正体はいったいなんなのか。

栗田はぼくに「気にするな」といいたげに笑いかけた。

「……ただ、ほんとに意外だっただけなんだ。こんなことを感じる自分に驚いてるのかもな」

自分が蚊帳の外だと感じるのもつらいけれども、相手にそんな気持ちを抱かせているのはもっと耐えがたかった。高東と親しくなっても、栗田も大事な友達であることには変わりがないのに。

高東と話していることで、まるで自分が悪いことをしている気分になってしまう。なにも悪いことはしてない。三人がそれぞれに親しくなったのだから、これでバランスよくなるはずなのに、いびつに感じてしまうのはなぜだろう。その危うさの正体がわからないまま——居心地の悪さだけが増幅されていく。

ぼくが高東に対して最初「栗田をとられた」と感じたように、栗田にも独占欲があったのだろうか。ぼくが高東と親しく話すのが気に食わない？

「栗田」

なにをいおうとしているのかわからないまま呼びかける。振り返った栗田と目が合ったけれども、ぼくはなにもいえずに「いや」と視線をそらしてしまった。

栗田は何事もなかったように歩きだして、頭上を仰いだ。

「――春だけど、受験のこと考えると気が重いな」

独り言のように呟く。

頭上の桜に目を細めてから、栗田はもう一度ぼくを振り返って笑った。

やわらかい笑顔に塗りつぶされるようにして、たしかにそこにあったはずの痛みは消えた。

高三の夏休みは、受験のために予備校に通う日々だった。それでもたまには息抜きしたくなることがあって、勉強会と銘打って高東のうちに集まった。

ちょうど花火大会の日で、高東のマンションの窓からは、近くの総合体育館広場の花火がよく見えた。

人混みのなかを出かけるよりも、宴会をしながら花火を見ることを選んで、ぼくたちは部屋につまみや缶ビールを持ち込んだ。高東と栗田、そして井上たちも一緒だった。

宴会が始まると、ぼくはアルコールに弱くて、少し飲んだだけで、からだがふらついてしまった。

「もうやめとけよ、真野」

高東に缶ビールを取り上げられて、ぼくは頰を膨らました。

「偉そうに」

「泊まっていくつもりなら、いいけどさ」

泊まる泊まる、といいかえして、ぼくは缶ビールを取り返した。正直、それほど飲みたいものではなかったが、「駄目だ」といわれると逆らいたくなる性分なのだから仕方ない。

高東は「やれやれ」といった顔つきになった。

「じゃ、真野はお泊まり決定ー」

井上たちが「俺もお泊まり」と口々に叫んだ。

「駄目。おまえらは家も近いし、帰れるだろ。なるべく帰る努力をしてくれよ。俺のうちが悪いことをするたまり場みたいにいわれてて、気になる」

井上は唇を尖らしたものの、反論はしなかった。どうやら井上のうちの母親が、担任の教師にちくりと「親御さんが留守がちのお友達のうちに遊びに行ってばっかりで困る」と文句をいったことがあったらしい。最近はともかく、二年の頃はたしかに女の子も交えて派手に遊んでいたみたいだから目についたのだろう。高東の家庭にもやんわりと注意がいったようだった。

井上が「でもさあ」となにかをいいかけたとき、窓の外からひときわ大きな花火の音がした。「おお」と歓声をあげながら、みなの目がいっせいにそちらに向く。

「――俺も泊まるよ。いいだろ？　真野が泊まるなら、俺も泊まる」

花火の音の間に、やけにきっぱりした栗田の声が響いた。

てっきり高東は井上たちに対するのと同じように「駄目」というのかと思っていた。なかなか返事が聞こえてこないので、ぼくは窓から目を離して、高東たちを振り返る。ちょうど向かい合わせに腰を下ろしていた高東と栗田は、まっすぐに見つめあっていた。

高東がふっと小さく息をつく。

「いいよ。栗田は泊まってもいい」

窓越しに花火を見ていた井上が振り返って、「えー、いいなあ」とうらやましげな声をあげた。高東は笑いながら井上を睨みつけた。

「おまえは駄目だっていってるだろ。俺を悪者にするな」

井上たちと、栗田と高東のあいだに流れるものは温度が違う。

騒々しいなかにも、ふたりのあいだになにやらぴんと張りつめたものを感じて、ぼくは落ち着かなかった。

それ以上ふたりを見るのが怖くて、窓に首を向けて目を凝らしていた。酔った頭で目にする花火は、いつもよりも幻想的に映った。暗い闇に光が散る。その美しい色は人の目を奪うけれども、なによりも儚いのは、光が散ったあとの闇だった。

その闇には、消えてしまった光の残像が焼きついている。

花火大会の終了を知らせる光が点滅すると、なにやらものがなしい気持ちがしてしまう。もう夏も終わりか、と……。

その夜、ぼくは井上たちと一緒になってことさら騒いでいた気がする。調子にのったことは覚えているけれども、自分がなにをしゃべったのか、まるで覚えていない。

とにかくぼくは早々につぶれて、ソファの上にぐったりとなった。

目を覚ましたのは、もうすっかり花火の音も消え、静まり返った真夜中だった。すでに井上たちは帰ってしまったようだった。ボリュームをしぼったテレビの音がかすかに聞こえてくる。

部屋に残っているのは高東と栗田だけだった。ふたりそろって、ぼくの寝ているソファに背を向けて座っている。

すぐに起き上がって声をかけなかったのは、ふたりがなにやら話をしていたからだった。

テレビを見ては、囁きあって笑っている。深夜ドラマを批評しているらしかった。主役の演技が下手だ、女の子はまあまあかわいい、と好き勝手なことをいっている。それは以前、よく目にした風景だった。何気ないことで騒いで、じゃれあっていた二人。

以前なら、「蚊帳の外」と感じたはずなのに、彼らのぼそぼそとした話し声を聞いて、ぼくはほっとからだの力が抜けた。

気のせいかもしれないけれども、最近のふたりには奇妙な壁があるように思えていたから。

——よかった、これでみんな仲良しだ……。

小学生みたいなことを考えながら、ぼくは再び目を閉じる。いまは起きないほうがいいと思ったからだが、単純に眠たいからでもあった。

もう一度眠りに落ちようとしたとき、いきなり「真野はこういうの好きそうだよな」と高東がぼくの名前をだしたから驚いた。

栗田が「そうかな」と首をかしげる。

「真野はもうちょっと一癖ありそうなのを好むんじゃないか」

「いや、真野って案外、単純なんだよ」

話の前後はわからないが、なにやら馬鹿にされているようだった。起き上がって話に割り込もうかと思ったが、それをしなかったのは、すぐに高東が続けてこういったからだ。

「真野は意外とかわいいからさ。素直なんだよ。素直すぎて、嘘つけないから、ああいう態度になるんだろうけど」

――わかったようなことをいうな。しかし、起き上がるには少々分が悪かった。自分が評されているのを聞くのは気恥ずかしい。

頬に熱が走るのを感じながら、ぼくはぎゅっと目をつむった。

「……高東は、真野のこと、よく見てるんだな」

栗田の声はわずかにこわばっていた。

「そりゃ、おまえと三人でいつもつるんでるから、いやでも目に入るよ。べつによく見てるわけじゃない」

「真野も、似たようなことといってたな。おまえのことが最初は苦手だったけど、いつも一緒にいたから……大丈夫になったって」

「そう。俺は最初、派手に嫌われてたよな。あいつのあの目つきの悪さ、覚えてる？　俺がなにをしゃべってもむすっとしててさ」

高東が声をたてておかしそうに笑うので、つられたように栗田も笑った。

「――いまじゃ笑い話だ」

高東の笑いがことさら大きくなったのは、栗田が反応したからに違いなかった。彼も、栗田とのあいだの微妙な雰囲気に気づいていたのだろう。おそらくなんとかしたいと考えていたのだ。

彼がもしかしたら、図書館の彼女のことを告げるかもしれないと思った。実は、妹のことで縁があったんだ、と。その話を聞いて、栗田がどう感じるのかはわからなかった。決しておもしろいことではないかもしれない。かつてぼくが栗田の弟の顔を知らないことで、高東に対抗心を燃やしたように……。

だが、高東はなにもいわなかった。しばらく会話は聞こえてこなかった。深夜ドラマが終わって、通販番組のはじまりを知らせる音楽が流れる。

眠ったふりをするのもつらくなって、いよいよ起きようかと覚悟を決めたとき、それまでとは打って変わって、少し硬い高東の声が響いた。

「——栗田、おまえ、どうするつもりなの？」

再びぴんと張りつめた空気に、ぼくは身をこわばらせる。

「なにが」

「わかってるくせに——どうするんだよ。どうにかする気ないの？」

再び長い沈黙があった。そのままふたりは会話をするのをやめてしまったのかと思ったほどだった。緊張感に耐えかねて、ぼくがうっすらと目を開けると、高東の横顔が見えた。栗田を凝視している。栗田は高東のほうを向かずに、正面を向いていた。

「なにをいってるのかわからない」

「——わからない、か」

高東はためいきまじりに呟く。

栗田の背中が丸まる。前で組んだ腕のなかに、頭を落としているようだった。

「気まずくなるのは、いやなんだ。そんなふうにするつもりはないんだよ」

「じゃあ、なにもしないのか」

「……高東のいってることが、そもそもわからない」

わけのわからないやりとりだった。

なにをいっているのか理解できないのに、心臓の動悸が激しくなる。

ぼくの知らない秘密をふたりは共有していて、うかつに入ることのできない、特別の領域がそこには存在していた。

親密という言葉だけでは語れない。まるで反発しあっているような、ささくれ立った不思議な空気。

音もなく水面下でなにかが動いている。見えないところで火花が散っているような——それでいて、とても近しく、やるせない……。

栗田は、なにをそんなに悩んでいるのだろう……。

ぼくが知ってはいけないような気がした。

気詰まりな空気を断ち切るように、高東がふいに「……腹へらない？」とたずねた。栗田が「え？」と困惑した声をだす。

「……カップ麺でも食うか。栗田はどうする？」

栗田はすぐには応えなかった。高東は立ち上がると、笑いながら相手を睨みつけた。

「ひとが食べてるの見ると、食べたくなるよ。いいの？　あとで欲しがっても、やらないよ」

栗田はしばらくあっけにとられていたようだが、やがて「じゃあ、俺も」とおかしそうに答えた。

ふたりして連れ立ってキッチンへと入っていく。湯をわかしたりして、なにやら楽しげな声が聞こえてきた。

……なんなんだよ。変なやつら。

緊迫した空気が消え去ると同時に、ぼくは起き上がるタイミングを完全に逸していた。目を瞑《つむ》っていると、ソファのそばに誰かが立つ気配がした。身を硬くして、息を呑む。

黙ったまま、ぼくを見つめている気配——。

硬い空気が伝わってくることから、最初は栗田かと思った。だが、これは勘としかいいようがないが、違うとわかった。

栗田ではないと悟った瞬間に、ぼくは息苦しくなった。

「湯がわいたよ」

キッチンから呼ぶ声がする。ソファのそばに立っていた人物が、「ああ」と低く応えた。

彼が踵を返した瞬間に、ぼくは薄目を開けて、その後ろ姿を確認する。やっぱり高東……。

「真野も食うかと思ったけど、よく眠ってるみたいだから起こさなかった。やつはほっといてふたりで食おう」

キッチンからそんな会話が聞こえてきた。胸に重苦しいものを感じたまま、ぼくは目をしっかりと閉じて、寝たふりをしているうちに眠りに落ちた。

なにかが変わり始めているのは知っていた。そのかたちをとらえていないだけで。できることなら、変わらないでほしいと誰しもが願っていたので、その正体は見えなかった。


秋になって、栗田が「俺、大学は関西に行く」といきなりいいだした。

部活も引退して、その頃には毎日栗田と一緒に帰るようになっていた。高東は駅の近くに住んでいたので、彼と別れたあと、栗田とふたりきりになる。

一年の頃はいつもふたりでいるのが当たり前だったのに、三人でいることに慣れてしまったせいか、少しばかり不自然な空気を感じた。

それというのも、栗田が一年の頃とは違って、ぼくとふたりきりになった途端に少し考え込んでいるような顔をすることが多かったからだ。

仲が悪くなったわけではない。ただ、以前は栗田を多少なりとも理解できていると自惚れることができたのに、いつのまにかわからない部分が増えてしまった。

突然の進路変更を知らされたときには、それがはっきりと具体化されたようなショックを受けた。栗田は、ぼくの知らないところで、いろいろ考えている。あたりまえのことなのに、動揺せずにはいられなかった。

「なんで、突然？　初めて聞いた」

「いや、前々から考えてたことなんだ。ずっと迷ってたけど」

栗田はすでに決心していた。関西出身の父親と同じ大学が第一志望——という理由は、わからないでもなかった。そもそも各々が自分の将来につながる道を考えているのだから、いくら友達とはいえ、よけいな口を挟めるはずもない。

友達が一緒だから——という理由だけでは、誰も大学は選ばない。ぼくも栗田が関西に行くと聞かされても、「俺もそっち受けようかな」という気持ちにはならなかった。もう少し受験の時期が迫る前なら、楽しい夢も描けたけれども。

「ごめんな。大学いったら、真野と一緒に部屋借りようって話もしてたのに」

はっきりと約束したわけではないけれども、そういうこともいっていた。高東も地元を出る予定だったが、彼は第一志望に受かったら、いまどき珍しく「寮に入る」と宣言していたので、自然と栗田とぼくで部屋を借りようか、という話になっていたのだ。

なんでいきなり関西なんだ。この時期になって……。

だが、本人が一番決心するのに悩んだだろうから、友人としては水を差すようなことはいえるはずもなかった。

――淋しい。

高校を卒業しても、一緒に地元を出て、ずっとつるんでいられるような気がしていたのに、突如、その未来図がかき消されてしまった。

かなり気落ちしたものの、なによりも栗田が気にするといけないと思ったので、ぼくはその不満を口にはだせなかった。

「いいよ。俺は大丈夫。部屋のことは、まだ具体的に検討してたわけじゃないから、気にするなよ」

いくらとりつくろっても、ぼくは淋しい笑いを浮かべていたに違いなかった。それをまるで映したように、「ごめんな」ともう一度謝る栗田の笑顔も淋しげだった。

「――なんで関西なんだろうな」

ぼくがその話を初めてしたとき、父親の母校だから――という理由を聞いても、高東は腑《ふ》に落ちない様子だった。憮然《ぶぜん》とした顔つきで「なんで」とくりかえすさまは、ぼくと同じに動揺していた。

しかし、高東もまた栗田にその件を問いただすことはなかった。

ひとの進む道に口は挟めない。そう考えていたのか。三人でいるときに栗田の関西行きの話題が出ると、いつものようにくだらないことをいいながらも、高東は切なそうな顔をして見せた。

ぼくよりも、彼のほうが強く栗田に関西に行ってほしくないと願っているようだった。「おまえの好きなようにしろ」といってるそばから、「行くな」と訴えかけているような――その複雑な表情を目にするとき、ぼくの胸はチクリとした棘を意識した。

受験に追われて、高三の一年間はまたたくまに日が過ぎていった印象がある。

冬休みはもちろん受験の追い込みだったが、大晦日は例外ということで、高東の家に栗田と三人だけで集まった。

珍しく高東の父親が家にいた。知的で物静かな印象の紳士で、挨拶をしただけでぼくたちには干渉せず、「ゆっくりしていきなさいね」と、近くにある実家に出かけていった。「おまえも、あとできなさい」と声をかけていたし、高東も素直に「元日の夜にはいくよ」と返事をしていた。ひょっとしたら親子関係が悪いのかとひそかに心配していたので、そのやりとりに胸をなでおろした。

「高東のお父さんって、品がいいな」

うちは母親が一番うるさいけれども、父親も普段は存在感が薄いくせにここぞというときには大魔神のように怖いだけに羨ましかった。

高東は「俺の父親だから」とすまして答えたものの、ぽつりとつけくわえる。

「でも、まあ、ちょっと肩が凝るんだよ」

大晦日というせいもあったのだろうか。その日は始終ゆったりとした雰囲気だった。ぼくたちのあいだに時折垣間見られる不安定なものも影を潜めているように感じられた。

三人で鍋を食べているときに、ぼくは一瞬もの思いにふけった。

こうやって、親しい友達とずっといられたらいいのに――と。

現実には、春になれば別れがくることはわかっていた。だが、しばし忘れたままでいたかった。

合格祈願ということで、真夜中になって地元の神社に参拝にいった。さすがに大晦日らしくにぎわっており、境内に続く道にはいくつか夜店もでていた。最後の神頼みとばかりにお参りをする段になって、ぼくは上着のポケットに手を入れて青ざめた。

「財布がない」

落としてしまったのか、出がけに忘れてきてしまったのか。

高東も栗田も、なにがそんなに大問題なのかと首をひねった。

「賽銭《さいせん》なら、貸してやるよ？　ほら」

栗田がそういって賽銭を投げ入れてくれたが、ぼくは落ち着いてお参りするどころではなかった。

「ひとの金借りて大丈夫なのかな。……罰当たりじゃないのか」

栗田は「なにがそんなに心配なの？」と目を丸くした。

あとになれば笑い話なのだが、時期的にナーバスになっていたせいで、ぼくは大真面目だった。

「俺、もう一度お金とってきて、お参りしなおそうかな」

「そんなに気にすることないだろ。心配性だなあ」

「だいたい財布落としたってのが、縁起悪いじゃないか」

栗田は「大丈夫」となだめてくれたが、心配なことに変わりはない。それまで黙っていた高東が、こらえきれないふうに笑いだす。

「真野って古風なんだな」

「うるさい」

高東にからかわれるのは癪なので自重したが、心のなかでは幸先がいいとはいえない出来事に不安な思いが拭《ぬぐ》えなかった。

その後、夜店を見て回っている途中で、同級生たちに会った。「財布を落とした」という話をしたら、口々に「縁起が悪い」と返されたので、ぼくは再び顔面蒼白になった。

「真野、大丈夫だよ。気にするなって」

最初は同情していてくれた栗田も、その頃になると、なぐさめる目が完全に笑っていた。

「そうだよな」と無理やり笑いとばそうとしたものの、ぼくの気分が地の底まで沈んだのはいうまでもない。

そうこうしているあいだにいつのまにか高東が姿を消してしまっていた。誰か知り合いでも見つけて、話しこんでいるのか。栗田と分かれて境内を探し回り、ほどなく拝殿の前に立っている高東を見つけた。

すぐには声をかけられずに、ぼくは棒立ちになった。

背筋を伸ばし、目を閉じて手を合わせている様子はなにやら厳かで、悪戯に話しかけられなかった。黙っているときの高東は、どこか近寄りがたい雰囲気すらあった。

なにを二度も祈っているのだろう。いつも飄々《ひょうひょう》としているくせに、あんなにまじめな顔をして、そんなに願うことがあるのだろうか。その内容がちらりと気になった。

「高東、なにをそんなに願ってるんだよ」

おとなしく参拝を終えるのを待ってから声をかけると、高東は驚いたように瞬きをした。

「——秘密」

初め答えようとしなかったが、気になったのでしつこく追及した。

高東はためいきをつき、根負けしたように白状した。

「合格祈願だよ。心配性がひとりいるから、もう一度祈ってやったんだ。財布落とした間抜けな友達が合格しますようにって」

ぼくは一瞬絶句した。

「俺のこと？」

「ほかに誰がいる？　感謝してほしいよ」

高東がそんなことをするとは思わなかったので、すっかり毒気を抜かれてしまった。

「あ……ありがとう」

自分でも思ってもみないほど、素直に礼の言葉がでた。今度は高東が目を丸くした。

「受験のプレッシャーは偉大だな。真野が俺に素直にお礼をいうなんて」

「俺はおまえが思ってるほどひねくれてるわけじゃ……」

途中で言葉を濁したが、高東はからかうわけでもなく、静かにぼくから目をそらした。

「うん、そうだよな。それがちょっと意外だったな。……もうちょっとひねくれてたら、よかったのに」

「なんだよ、それ」

「案外いいやつだから、時々困るってこと」

手放しで誉《ほ》められているわけではないのに、文句もいえなかった。

出会った当初、ぼくが高東に対して態度が悪かったのは事実だ。

でも、最初から嫌いなわけではなかった……。そのことをいつかきちんと伝えたいと思っていたが、なかなか素直に口にだせなかった。

「ああ、いた。なにしてたんだよ」

同じく高東をさがしてた栗田が、ぼくたちを見つけて走り寄ってきた。

高東は「悪い」と手を合わせただけで、いなくなった理由を説明しようとしなかったので、ぼくが代わりに口を開く羽目になった。

「高東、もう一度参拝してたんだよ」

「え？　なに願ったの？」

ぼくからは説明しづらかった。栗田の前で恩着せがましく「真野の合格祈願をしてやった」というに違いないと思っていたのに、高東は予想に反してなにもいおうとしなかった。

「秘密だよ」

栗田にたずねられても、笑ってそう答えるだけだった。

ぼくのために祈った――というのが、いやなのか。冗談めかして、いつもの調子でいえばいいのに。……それとも冗談にしてしまうのがいやなのか。

栗田は高東の態度が少し気にかかるのか、わずかに怪訝な顔をした。

「なんか怪しいな」

ぼくはあらためて高東の表情をうかがったが、何事もなかったように静かな笑みを浮かべているだけだった。

受験勉強をしていた頃が、たぶん人生のなかで一番賢い時期だったかもしれない。

ぼくは無事に第一志望である東京の大学の合格通知を手にした。学部は違うけれども、高東も同じ大学だった。栗田は父親の母校だという関西の大学に受かった。

ようやく受験から解放されて浮き立っていたせいか、栗田と離れてしまう、という意識も希薄なら、また高東と四年間一緒ということも特別に意識はしなかった。

春休み、栗田が関西のアパートを見にいくというので、卒業旅行をかねてぼくも一緒についていくことにした。高東にも声をかけたけれども、用事があるのでパスだという。

「ふたりで行ってこいよ」

用事というのは嘘で、最初から行く気がないのがわかるくちぶりだった。あまりにもあからさまだったので、ぼくは思わず「つきあい悪いな」といってしまった。

高校生活が終わりに近づくにつれて、あれほど仲のよかった栗田と高東のあいだが再び微妙になっているのをぼくは感じとっていて、その原因がいったいどこにあるのかつかめずにいた。受験が終わって、いまはナーバスになるときではないのに、どうしてぴりぴりしているのか不思議でならなかった。

「おまえ……栗田と喧嘩でもした？」

「栗田がそういったの？」

「いや……なんとなく」

高東は苦笑いを浮かべてぼくを見て、なにかいいたげにしたけれども、やはり思い直したようにかぶりを振った。

「とにかく……俺は遠慮しとくよ。ふたりでいってこいよ。いい機会だから。栗田に後悔しないようにって伝えてくれ」

「後悔？」

「早く戻ってこいって。おまえがいなきゃ、俺はどうせ動けない」

これから遠い地で新生活をはじめる友人に対して、よりにもよって「早く戻ってこい」とは相応しい餞別《せんべつ》の言葉とも思えなかった。

大学を卒業したら、就職はこっちでしろという意味なのだろうか。まさか――それこそ、口を出せることではない。

栗田は高東が旅行にこないことについてはなにもふれなかった。「そうか」と頷いただけ――「薄情なやつだな」とも洩らさないのは、やはり不自然だった。

ふたりが喧嘩しているところを見たわけではないが、ぼくの知らないところでなにかがあったのだろうか。花火大会の夜に聞いた、不可思議なやりとりを思い出す。ぼくには立ち入れない領域に思えたので、その件でふたりを追及してみたことはなかった。

高東も栗田も、決して仲が悪くなったわけではない。互いを気遣っていて、そしてとても気まずそうに見えた。

迷ったけれども、ぼくは高東からの伝言を告げた。栗田は一瞬固まった表情を見せながらも、笑いだした。

「あいつも、なにとぼけたこといってるんだろうな。後悔なんかしない。おかしなことというやつ」

「『おまえがいなきゃ、俺は動けない』ともいってたけど」

栗田の顔が再びこわばったものの、すぐに破顔する。

「また、とぼけたことを。しようがないやつだなあ。変な気を回して」

声をたてて笑う栗田は、妙に清々しく、痛々しかった。それはふたりだけにわかる暗号のやりとりが交わされているように思えた。

旅先では、栗田の親戚の家にお世話になった。その親戚のひとが見立ててくれていた栗田のアパートを見にいってみると、駅の近くで好条件の物件だった。

築十年ということでリフォームしたばかりらしく、外観はそれなりの年数を感じさせたが、室内はきれいに整えられていた。真っ白な壁紙が貼られているのに、日当たりのよいその部屋は、妙になつかしい匂いがした。

「これじゃ、友達の溜《た》まり場になりそうだな。ワンルームと違って、広いじゃないか。なかなか居心地がよさそう」

そんな話をしているうちに、ふと、どれほど良さそうな部屋であっても、ぼくがその溜まり場に顔をだすことはもうないのだと思い至る。

高校の頃のように、同じ時間は過ごせない。栗田は高校に入ってからの、一番仲のいい友達だったのに。高東が現れたときには、自分の居場所をとられてしまったようで嫉妬《しっと》すらした。蚊帳の外——その感覚さえ、もう遠いものになってしまうのだと。

「おまえ、ほんとにこっちで暮らすんだな」

ぼくがしみじみ呟くと、栗田はおかしそうに笑った。

「なんだよ、いまさら。真野はえらく冷たかったじゃないか。どこにでも行けって感じだったもんな」

さすがに抗議したかった。一緒に部屋を借りる話までしてたのに、突然志望を変えたのは栗田のほうだ。ぼくはあえて文句はいわないようにしていたのに。

「ひどいな。だって……おまえが決めたのに、俺がなにもいえるはずがないじゃないか」

怒ったつもりだったが、泣きそうになっていたのかもしれない。栗田はまばたきをくりかえして、「ごめんな」と謝った。

「そうだな。俺が気にするから、なにもいわないいんだよな。……真野はそういうやつだったな」

アパートを見たその足で、栗田が通う大学も訪ねた。最寄り駅から十五分ほど歩くとキャンパスにたどり着く。見知らぬ街の風景も、これから親しい友人が過ごすのだと思うと、特別な場所に映った。大学までの道のりは桜が植えられていて、その名も桜通りと呼ばれているらしかった。まだ少し時期が早く、開花はしているけれども、ぽちぽち咲きはじめといったところだ。

きっと入学式の頃には満開になり、この白い光の下を栗田は幾度となく往復するに違いなかった。だが、ぼくがそれを見ることはない。ぼくはぼくで、きっと違う桜を見て歩いている。

「——元気で」

感傷的になるつもりはないのに、気がつくとそういっていた。もっと告げたい言葉がある気がしたが、いざとなるとなにもでてこなかった。

栗田は「ああ」と重々しく頷いて、しばらく言葉を選ぶようにしてから「ありがと」と呟いた。

胸の底から込み上げてくるものが、うつむいて歩くのをしんどくさせるので、ぼくは頭上の桜を仰いだ。そういえば、桜が散るのはくす玉の紙吹雪——祝福だといったやつもいたっけ。

まだつぼみが多い梢《こずえ》を見上げながら、ぼくはふと高東から栗田への伝言の意味を考える。

(後悔しないようにって)

(後悔なんかしない)

——後悔？　なにを？

疑問符だけはたくさんあるのだけれども、正しい答えがひとつも見つからない。なにもかもがあやふやな感覚を抱いたまま、ぼくは制服の季節を終えた。

近県の出身者は二時間以上の通学時間でないと大学の寮には入れない。高東《たかとう》はそのぎりぎりの区域だけれども、その年は入寮希望者が少なかったのか、すんなりと寮に入ることができた。

いろいろ面倒そうで、寮だけはごめんだと考えていたから、ぼくは高東が寮に入ると聞いたとき、なんて奇特なやつだと思った。古いばかりの学生寮なんて「汚い」というイメージがつきまとうが、うちの大学の寮も決してきれいとはいいがたかった。

「賑《にぎ》やかなほうが俺は好きだから」

友達のたまり場になる前は、無機質な印象があったマンションの整然とした部屋の様子を思い起こすと、その台詞《せりふ》にはなるほどと納得させられるものがあった。単純に彼は淋しがり屋なのかもしれない。

ぼくはひとりで大学の近くにアパートを借りた。正門まで徒歩五分、という近さだったが、ほんとにメリットはそれだけしかないような昔ながらの和室のアパートだった。もう少し遠くてていいのならば選択肢は増えたけれども、一番近い物件を選んだ。

一人暮らしをはじめて、誰もいない部屋に帰る日々が続くと、さすがにぼくも家族のありがたみをしみじみと感じた。うるさいだけだと思っていた母親の声でも電話で聞くと、ほっとする。それでも家に帰りたいと思うほどのホームシックにはならなくて、ひんやりした空気が出迎える暗い部屋にもしだいに慣れていった。

大学に入学した当初、兄の直史《なおふみ》は用もないのにたずねてきてはぼくを連れ出して、「メシ食ったか」と夕飯をおごってくれた。

兄なりに気遣っていてくれたのかもしれない。ぼくの受験や、部屋を決めることには無関心だったくせに、その頃になってから「俺の住んでるそばに引っ越してくればいいのに、薄情な弟だ」といいだした。

「なにいってんだよ。兄ちゃん、迷惑そうにしてたじゃないか。母さんが『なにかあったら、お兄ちゃんに頼るのよ』っていったときにも、しらーっとした顔してたくせに」

「そりゃ迷惑だよ。弟なんてウザイもん」

連れて行かれた定食屋には通い詰めているようで、直史は我が家にいるようにくつろいでいた。兄のテリトリーに入り込んだ気がして、ぼくは少しだけ身を縮こまらせながら洒落《しゃれ》ているとはいいがたい店内をきょろきょろと眺めた。

一見して、学生と思われる客が多かった。でてきた料理は、大盛りでもないのにボリュームたっぷりで味が濃い。

「真野《まの》？」

名前を呼ばれたけれども、声をかけられたのは、ぼくではなかった。学生の集団がやってきて、そのなかのひとりが兄の肩を「おう」と叩く。周囲から「あ、ほんとだ。真野だ」と口々に声が飛ぶ。

「真野の弟？　うわあ、怖いほどそっくりー」

ひとりがぼくを覗《のぞ》き込むと、五人ほどが「どれどれ」と顔を見にくる。

「似てないよ。弟のほうがかわいいじゃない」

そのなかで女性のひとりが身をかがめて、ものすごく接近してきたので、ぼくは焦って身を引いた。

直史が不機嫌そうに「ちっ」と顔をしかめる。

「おい、離れろよ。見せもんじゃねーぞ」

女性は「ケチね」と唇を尖《とが》らせて、上体を起こした。ふわり、といいにおいが鼻をついた。綺麗にカールした長い髪の先が頬《ほお》をかすめて、ぼくはまばたきをくりかえす。はっとするほど綺麗な笑顔だった。

「兄が怖いから、またねー、弟くん。今度遊ぼうねー」

直史の友達たちは、ぼくたちとは離れた席に着いた。とはいえ、それほど広い店内ではないので、「兄と違って、弟、超かわいい」などと話している声が聞こえてくる。先ほどの女性がちらりとこちらを見て、ぼくと目が合うと、にっこりと笑って手を振ってきた。

直史はあきれたようにぼくを見る。

「……おまえ、すぐに赤くなんなよ。恥ずかしいやつ。相変わらず、年上の女に弱いな」

ぼくが睨《にら》みつけると、直史はためいきをついて、「出るぞ」と席を立つ。

店を出るとき、直史の友達の視線を感じても、ぼくはもう振り向かなかった。胸の底からざわざわと不快な音がする。

年上の女に弱いな――なににあてこすってるのかピンときたが、そんなことをいう権利があるのか、と思う。

ぼくの剣呑《けんのん》な雰囲気を感じとったのか、直史は定食屋を出てからずっと黙っていた。ふたりして無言のまま、夜道を歩く。

意地になったように互いに口をきかないでいるうちに、電車の踏み切りのところで足止めになった。歩いているならともかく、立ち止まったまま沈黙してるのに耐えかねて、ぼくのほうから口を開いた。

「……兄ちゃんは、なっちゃんがどうしてるか、気にならないの」

ちょうど電車が走り去っていくところだったので、兄はそのあいだだけ猶予をもらったようにまっすぐ前を向いて黙っていた。

やがて踏み切りが開いて、歩きだしながらぼくを振り返る。

「――元気なんだろ？」

そうたずねる表情がとてもやわらかく、やさしかったので、ぼくは勢いを削《そ》がれてしまった。

「……元気……だけど。兄ちゃんと別れてから、つきあってる彼氏とうまくいってるみたいだけど」

直史は「そうか」と頷《うなず》いた。

それ以上、なにもいわない。別れてしまったのだから、相手のことをあれこれいう資格はないと考えているのだと気づくのに、そう時間はかからなかった。

「……兄ちゃんは？　彼女はいるの？」

「少し前までいたけど、いまはいないな」

だったら――といいかけた言葉を飲み込む。

ぼくが兄に訴えたいことはいまさらだった。

どうしてなっちゃんと別れちゃったの？　やりなおすことはできないの？

「……じゃあ、少し前までつきあってたひとのこと、なっちゃんよりも好きだったのか」

直史は困った顔を見せた。

「奈津子《なつこ》より……って比べることはできないよ。つきあいの長さとか、関わり合いの深さからいったら、俺には奈津子より親しいやつなんて、まだいないんだから」

「だったら、なんで……」

直史は諭すような目をした。

「好きだから、うまくつきあっていけるわけじゃないんだよ。一番好きな相手と、長く続くとは限らないんだ。好きだからこそ、考えすぎたり、不安になることもあるから。……相手の要求に応えられない自分が情けなくなるだろ」

その言葉だけ聞いていると、いままで奈津子より好きになった女の子はいないといっているように思えた。

もし、そうならば、やはり納得がいかない。

いまからでも、奈津子にその想いを告げれば、うまく行くのではないだろうか。奈津子だって、つきあいの長い直史のほうがきっといまの彼氏よりも……。

「兄ちゃんは、一番好きじゃないほうが、うまくいくっていってるの？」

「そうじゃないけどさ。なんとなくつきあっても、情がわいて、長くなることもあるだろうし。やっぱり一番好きな相手と続くこともあるだろうし——俺の場合は、おまえが想像してるみたいに、決して奈津子を裏切ったわけじゃないんだけど、うまくいかなかった。ただそれだけ」

ぼくの不満な顔に気づいたのか、直史は「こら」と笑いとばした。

「俺をけしかけるなよ？　奈津子は、いまの彼氏とうまくいってるんだろ。それを壊せるわけないじゃないか。一度失敗した身としては、とくにさ」

後悔しても、もう遅い——。

直史のいうことにすべて頷けるわけではなかった。でも……と、どうしてもいいたくなってしまう。

いまからでも、なっちゃんと——ぼくのなかでは、お似合いのふたりだったのに。

「いいよ」

心のなかで呟いているのが聞こえたように、唐突に直史がいった。

「おまえは、わからないままでもいい。おまえは子どもの頃から、奈津子びいきだもんな。わかってくれたらうれしいけど、わからないままでもいいよ」

ほんとうはわかっていた。だけど、わからない振りをしたかった。

ただひとつ——もう兄に奈津子の話をしてはいけないことだけは、その場で理解した。


最初はびっくり箱を開けたみたいに目まぐるしく思えた大学生活にも、ぼくはほどなく順応していった。都心から外れた、どこかのんびりした空気が漂うキャンパスも居心地がよかった。わざわざ繁華街に遊びにいく連中もいたが、大学の半径数キロ以内で行動するパターンができてしまうとほとんど縁がなかった。

大学が同じとはいえ、高東とは学部も違うし、新しい人間関係ができあがってしまえば、そのうちに疎遠になってしまうかもしれないと思っていた。

兄と奈津子がもう元の鞘《さや》に収まらないことを知って、ぼくはナーバスになっていたのかもしれない。栗田《くりた》も遠くに行ってしまった。高東もそのうちに高校のときの友達になんて見向きもしなくなるだろう、と。

だが、その不安を払拭《ふっしょく》するかのように、高東はぼくのアパートを用もないのによく訪れた。着替えを持参して――。

「真野。風呂貸してもらってもいい？」

大学の近くなので、立ち寄りやすかったせいもあるのだろう。高東が住んでいる一、二年生用の学生寮は、各階にシャワー室が設けられているだけで風呂がなかった。

もちろん銭湯も利用していたが、部屋にくると必ず風呂に入っていく。回数が頻繁になるにつれて、しまいには、遊びにくるのが目的か、風呂が目的なのかわからないほどだった。寮住まいの高東に、ぼくの部屋はあきらかに便利に使われていた。「おまえも最初からアパートにしとけよ」と思いつつも、べつに不快ではなかった。高校のとき、ぼくたちが高東の部屋をたまり場にしていたことを考えればお互い様だ。

風呂あがりに、高東が畳にくつろいで寝転がっている姿を見ると、なにやら感慨深かった。高校時代、最初はふたりきりでいることさえ苦痛だった相手が、月日がたつにつれて親しい友人に変わり、いまでは一番気のおけない相手に思えてくるのだから、人間関係はどう転ぶかわからなかった。

すでに兄と奈津子の件で、実感していたことではあったのだけれども……。どんなに親しいと思っていた相手でも別れてしまう。また、その反対もありえる。

「……なに？　そんなに見つめられると、怖いよ」

寝転がって瞼《まぶた》を閉じていた高東が、ぼくの視線を感じたのか、目を開けた。見つめていることに気づかれても、考えごとをしていたせいか、ぼくはさほど動揺しなかった。つい頭のなかの言葉をぽろりとこぼしてしまう。

「──おまえも、俺にいつ見向きもしなくなるのかな、と思って」

高東は驚いた顔をした。ぼんやりしているぼくを見て、わずかに唇の端をあげる。

「俺に告白してる？」

問われて、自分がはじめてえらいことを口走っているのに気づいた。

「違うっ。ちょっと兄貴のことで考えごとしてて──」

高東は「だと思った」と肩をすくめてみせた。いいわけのように、ぼくは兄と奈津子の話をする。

「好きな相手なのに、うまくいかないなんて……納得できない。兄貴がいってることはわかるけどさ……なんだかわかりたくない」

「――わからなくていいよ」

あっさりと否定されて、ぼくは目を丸くする。

「わかる必要ないよ。俺は好きになれば、単純にその相手とうまくいきたいと思うけどな。そう考えとけば？　うまくいかない例を参考にすることはない」

「――おまえ、前向きだな」

さすが桜が散るのを天然のくす玉だといいきるだけのことはある。

ぼくが感心してみせると、高東は苦笑した。

「いや、俺は後ろ向きなんだよ。だから、よけいにいいことしか考えない」

その傾向には、ぼくも薄々気づいていた。

人前ではにぎやかに振る舞うのに、高校のときから、高東はぼくとふたりきりになると少し違う顔を見せる。

以前、高東はぼくがむすっとしているから、なにをしゃべったら喜ぶのかわからないといった。悠然とかまえているようで、ぼくの反応をずっと気にしていたということだ。栗田は「天然」だといったけれども、高東はひとの心の機微を実はよく読んでいる。

前向きな言動も、にぎやかなのを好むのも、決して無理しているわけではないが、熟慮した結果なのだろう。

なぜ前を向くのか——それは振り向きがちな自分を知っているからに違いなかった。

自室に飾られていた家族写真が脳裏をよぎる。

以前、高東は「真野に嫌われたら、美緒《みお》に申し訳ないと思った」といった。彼女の分まで——という意識があるのかもしれない。だから、物事をいいほうへと考えるのか。

こんなふうに思うのは、ぼくが図書館の彼女として、高東の妹のことを知っているからだ。なにを考えているのかわからないやつだと思っていたのに、背景をひとつ知っただけで、いつのまにか彼を理解した気になっている。

もしかしたら、まったく見当違いかもしれないのに——以前は、見えなかった部分まで深くわかりたいと思うのはどうしてなのか。

声をかけることもできずに、坂道を歩いていく背中を見つめていたときよりも、もっと近しい距離で——?

いままで、こんなふうにひとに興味を抱いたことはなかった。奈津子にも、図書館の彼女にも——ある時期、とても好きだったひとたちに対しても。

新生活のなかで心細くて、ひと恋しいのだろうか。

人間関係を広げようとして、新しく知り合った友達とどんなにはしゃいでみても、ひとりになった途端、ふっと力が抜けてしまう瞬間がある。そういうとき、ぼくは読んでひまつぶしにもならないようなくだらないメールを栗田に送った。

高東とふたりきりだとバランスが悪い。三人でいれば、時々居心地の悪さを感じつつも、うまくいっていたのに……。

栗田は元気にやっているようだった。もっともぼくが栗田に愚痴ることはあっても、その反対はなかった。

「しけたメールばっか送ってくるな」とカツを入れられるような短い返信を読み返して笑いながら、ぼくはふと、ほんとに楽しくやっているんだろうかと訝《いぶか》った。

行間からその本音のかけらが読みとれやしないかと必死にさがしたこともあった。

相手にも淋しいといわせたい。そう考えるときは、きっと誰よりも自分が淋しいのだろうと思った。

その日はいつものように高東がうちに遊びにきていた。夜の八時過ぎになって、兄から電話がかかってきた。

「近くの居酒屋にきてるから、飲みに出てこいよ。みんながおまえを呼べってうるさくてさ。もうウンザリ」

どうやら「みんな」というのは、以前に定食屋で会ったメンバーらしかった。

きっと友達の前では「弟ウザイ」という顔をするに決まっていた。ウンザリしているなら、呼び出すな——といいかえすのはこらえて、ぼくは「友達がきてるから」とことわった。

「じゃ、お友達も一緒にどうぞ」

直史がえらく気楽にいうので、ぼくは高東に「行くか？」とたずねた。まだ時間も早いし、いつもならOKしそうなものだが、「いま風呂はいったからな」という乗り気ではない答えだった。風呂あがりに、わざわざ出かけるのはいやらしい。

「いま、風呂はいっちゃったから、駄目だって」

電話の向こうでしばしの沈黙のあと、直史が後ろにいる誰かに「風呂だって」とぼそぼそと告げているのが聞こえた。わあっと「弟、手が早い」などという歓声があがる。

わけがわからずに、ぼくは眉《まゆ》をひそめる。

「おまえ、彼女できたの？」

いきなり問われて、ようやく誤解されていると気づいた。

「違うよ。男だよ。男の友達」

また電話口で、そばにいる誰かに「男だってさ」と伝えると、すぐに「うそー、弟くんてそっちのひとなの？」という声が聞こえてきた。うたうような声の主は、先日、ぼくの顔を覗き込んだ女性だと見当がついた。ふわりとした甘いにおいが脳裏に甦る。

「なにか誤解してない？　高校のときからの友達だよ。兄ちゃん、変なこと伝えるなよ」

「わかった、わかった。誤解ときたかったら、その友達も連れてこいよ。場所は駅前のさ……」

有無をいわせず命じられて、ぼくはしかめっ面になりながら電話を切った。

「行くことになったの？」

高東にあきれたように問われて、ぼくは「悪い」と謝った。

「面倒くさかったら、おまえは行かなくてもいいよ。しばらくここで過ごしてていいからさ、時間になったら寮に帰れよ」

「まさか。一緒に行くよ。つれないこというなよ」

身支度をはじめる高東を前にして、ぼくは少しためらった。

「……いいのか？　いいように話のネタにされるぞ」

「なんで？」

まさか「そっちのひと」だと誤解されているとはいえない。

しかし、電話のやりとりを聞いていて、高東はだいたい見当がついているようだった。

「——からかわれた？　友達が風呂はいってるっていったら、誤解されたか」

「よくわかるな」

「普通の友達は、ひとのうちで風呂なんか入らないんだよ」

「だったら、おまえも入るなよ」

ぼくが睨みつけると、高東は「居心地いいからなあ」と笑った。

そのままくだらないやりとりをしながら部屋を出て、兄たちのいる居酒屋に向かう。

小さい店の暖簾《のれん》をくぐると、「いらっしゃい！」と店員が元気よく出迎えた。同時に、それに負けないくらいの大声で「きたきた」と奥の座敷から歓声があがる。

「おーい、こっち」

直史が立ち上がって手招きした。ぼくたちが座敷にあがると、その場にいるメンバーから「おおっ」とどよめきがあがる。

やはり先日の定食屋のメンバーだった。あとで、直史が入っている演劇サークルの仲間だと聞かされていた。今日は増えて十人ほどになっている。男女半々だ。

「お友達もいい男じゃん。これなら、ヴィジュアル的にアリじゃない？」

「うん、美しいね。アリアリ。風呂はいってても、許す」

みんなすでに出来上がっているようで、好き勝手なことをいっている。

飲んでいるうちに、盛り上がるネタもつきてきて、「あいつ、どうしたっけ」と話題にのぼった人物を電話で呼び出す——よくあるパターンだ。

「俺たち、普通の友達ですよ」

酔っ払いを相手に本気になってもしようがないと思いつつ、ぼくは一応否定した。案の定、無駄ないいわけだったようで、「まあ、いいから。いいから。こっち座りなよ」と無理やり腕を引っぱられる。

「弟は、ほんとに生真面目でかわいいのね。顔は似てるのに、誰かさんとは正反対」

ぼくを隣に座らせたのは、先日の長い髪の女性だった。やはり甘いにおいがする。定食屋でドキリとしたときは接近されたからかと思ったが、あらためて近くで見ても人目を引くような綺麗な女性だった。

「静香《しずか》、聞こえてるぞ」

直史が斜め向かいから、ぼくたちを睨みつける。静香さんとやらは、軽く舌をだした。

「弟は、なんて名前なの?」

「……裕紀《ゆうき》です」

「裕ちゃんか。よろしくね」

いきなり親しげに呼ばれても、「はあ」と頷くしかない。すすめられるままに、空いているグラスに注がれたビールをすすった。

高東はどうしているのだろう、と見ると、テーブルの端の離れたところに座っていた。

「高東です」と落ち着いた声であいさつをしているのが聞こえる。

高東も隣の女性にいろいろとからかわれているようだが、うまくかわしているようだった。

女子相手には、意外とすましているんだよな……。

高校の夏休みにキャンプに行ったときも、大人っぽい山根《やまね》と似合いに見えたっけ。

高東が隣の女性と楽しげに話しているのに気をとられて、ぼくは一瞬ぼんやりしていた。

腕をつつかれて、はっと我にかえる。

「わたしの名前、訊かないの？」

静香さんがぼくの顔を覗き込んだ。

「え？」

「わたしは裕ちゃんの名前、訊いたでしょ？　裕ちゃんは訊き返してくれないの？」

ぼくはあわてて「あ、はい」と名前をたずねる。要求どおりにしたのに、彼女はおかしそうに声をたてて笑いだした。

「やだ。真野弟、ほんとにかわいい」

頬が赤らんでいることから、静香さんはだいぶ酔っているようだった。

胸元がけっこう開いている服を着ているので、隣にいて上からのぞくと、いやでもその部分に目がいってしまうので見ないようにするのに苦心した。

気をそらそうとしているうちに、ぼくの意識は気がつくと、テーブルの端にいる高東に吸い寄せられている。

畜生、楽しそうにしてるな。俺と違って、余裕だよな――そんなことを心のなかで毒づきながら、彼の隣にいる女性との距離が近づくたびに胸が落ち着かない音をたてる。

意識しないようにしようとすればするほど、やけに神経が研ぎ澄まされていくようだった。隣の静香さんにすすめられるままに、ぼくはビールの杯をあおった。

「お友達、青木《あおき》といい感じじゃない？」

彼女がそんなことを耳うちするので、高東の隣にいる女性が青木という名前だと知った。

「あいつ、昔から、モテるんですよ。モテすぎて感覚が麻痺《まひ》してるのか、本人自覚ないみたいだけど」

「あー、そんな感じね。全然ギラギラしてないもんね。余裕ある。つきあいの長い彼女でもいるのかな？」

そんな彼女の話は聞いたことがなかった。井上《いのうえ》たちと女の子をまじえて遊んでいるときに、いろいろあったのかもしれないが、ぼくは詳しくは聞いてない。

高東が余裕があるように見えるならば、ぼくなんてみっともないほどに正反対に見えるのだろうなと思う。

「俺は……ギラギラしてます？」

静香さんはぶっと噴きだして、「やだ、ほんとに、もう。そんなカワイイ顔して、おもしろい」と笑いだした。

「裕ちゃん、推理小説とか書いてるんだって？　ね、脚本とか書けたら、わたしたちと一緒にやらない？」

また直史がよけいな話をしているらしかった。「ウザイ弟」のことをそんなに語るなよ——と思う。

「いや……最近は全然……」

高校まではせっせとつまらない駄文を書くのが日課だったのに、大学進学を前後にして、まったくその意欲がなくなっていた。どうしてなのか疑問だったが、おそらく目まぐるしく変化する自分や周囲の出来事に目を向けるのに精一杯で、紙の上にまで意識を集中できなくなったからに違いなかった。いまはアウトプットではなく、インプットの時期なのかもしれない——と自分なりに分析していた。

しばらく黙り込んでいるうちに、先ほどピッチをあげて飲んだせいか、酔いが一気に回ってきた。

「——裕ちゃん？　どうしたの？」

静香さんに肩を揺り起こされたことは覚えている。ぼくはそのまま床にごろりと倒れ込んだ。あおむけになったとき、天井のライトが眩《まぶ》しかった。心配そうにかがみ込んできた彼女のにおいが鼻をくすぐる。

次の瞬間、光が消える。暗転——そのまま記憶が途切れて、次に目が覚めたときには、やはりふんわりと甘いにおいのなかにいた。

天井の照明の光から逃げるように、ぼくは寝返りを打つ。居酒屋の座敷で眠ってしまったとばかり思っていた。

そのわりには、背中にあたっている畳がまるで布団のようにやわらかい。伸ばした腕がクッションみたいに弾力のあるものにあたって、ぼくははっと目を覚ました。

居酒屋ではなかった。見知らぬ部屋のベッドに寝かされている。

「——起きたの？」

ベッドのそばに座り込んでいた静香さんが振り返った。

ぼくはわけがわからずにあたりを見回す。シンプルに整えられたワンルームは、兄の部屋でも、知っている友達の部屋でもなかった。

「——わたしの部屋よ。真野くんはまだほかの連中と飲みにいくっていうから、介抱してやってくれって頼まれちゃった。ここ、一番駅の近くなのよ」

「そ……そうですか」

あのクソ兄貴——とぼくは頭のなかで直史の顔をサンドバッグのごとく連打した。

「高東は……」

「彼、寮に帰ったみたいだけど。もしかしたら、青木とうまくやってるかもね。帰りぎわ、仲よさそうにしてたから」

ずしりと重い石が心の底に落ちたみたいに感じて、ぼくは言葉がでなかった。黙って考え込んでいるうちに、静香さんがベッドの上に腰掛けたのでぎょっとする。腕を回されて、抱きつかれるまであっというまだった。

「え……ちょっと」

押しのけようとしても、よりかかってくる細いからだを力ずくで拒むわけにもいかず、困惑する。

「わたしと裕ちゃんも、仲良くしよっか」

「え、いや――俺……」

乱暴に突き飛ばすこともできないまま、ぼくは途方に暮れるしかなかった。のしかかってくる、やわらかな体温。

ふと、高東ももしかしたら、いま同じようなことをしているのだろうか、と思った。

居酒屋で会った青木さんと――？

あいつ、そういうことしたことあるのかな。高校のときに、何人かと短いあいだはつきあってたみたいだけど。

あの腕で誰かを抱くことがあるのだろうか。あのほっそりとした長い指さきで、誰かの肌をまさぐって？　低い声で、甘い言葉を囁《ささや》いて？

想像がつかない。だけど、てらいもなくものをいうところがあるから、女の子を口説くときははっきりと「好きだよ」というんだろうな……。

風呂あがりによく目にする、高東の裸の上半身がふいに脳裏に甦ってきた。適度に筋肉のついた、締まりのいい身体《からだ》つき。なめらかな肌。長い手足……。

見知らぬ誰かに、高東が裸になっておおいかぶさっているところを想像した。彼の荒い息遣いが聞こえてくるような錯覚に、突如、耳が焼けるように熱くなる。

同時に、ありえない反応が下半身に起こりかけて、ぼくは動揺した。腕のなかにある、甘くやわらかい匂いよりも、頭のなかに広がった映像と音のほうが神経を確実に刺激した。友達がやってるところを想像して、こんな反応が起こるのはへんだろう。だけど、なにを思い浮かべようとも、ぼくのからだが興奮していることには変わりがなかった。わけのわからない衝動に頭の芯が痺《しび》れかける。そのとき——。

「……ほんとに真野くんと同じ顔のつくりをしてるのね」

静香さんの呟《つぶや》きに、沸点に近づいていた熱がすうっと引いていった。

何気ない台詞のなかに、複雑な感情が込められているのを感じとってしまう。ぼくも「真野くん」ではあるけれども、彼女はぼくを見ていない。

ひょっとしたら、このひとは兄貴を好きなんじゃないだろうか……。

確信したわけではなかったが、瞬時に察してしまって、ぼくはゆっくりと静香さんのからだを押しのけた。

「——ごめんなさい。俺、帰ります」

静香さんはおとなしく身を引いたものの、照れくさそうに笑った。

「拒否られちゃった。……わたし相手じゃ、その気にならない？」

「俺とそうなったら、あなた、後悔すると思う」

ぼくが立ち上がりながら硬い声で呟くと、静香さんは唖然《あぜん》とした顔を見せたあと、肩を揺らして「そっか」とおかしそうに笑う。

「――残念。真野くんから、弟くんは年上の女が好きだって聞いてたのに」

……あの馬鹿兄貴。ぼくが頭のなかで直史の背中を連続一〇〇回蹴り上げたのはいうまでもない。

「迷惑かけて、すいませんでした」

玄関先まで見送りにでてきた静香さんは、「いえいえ」と首を振った。ぼくの推測があたっているのか外れているのか、その笑顔からは読みとれなかった。

「またね」

ドアが閉められてから、ほっと息をついて歩きだす。アパートの階段を下りる際に、まだ酔いが醒《さ》めないわけでもないだろうに足元がふらついた。

綺麗なひとだけど、兄貴の好みではないかもしれないなあ、と勝手なことを思う。奈津子はさっぱりとした柑橘《かんきつ》系の女の子だった。静香さんのように花みたいな匂いはしない。でも、ぼくはあの甘い匂いも嫌いじゃない。

これでよかったんだよな。変なことはいってない。傷つけたりはしていない。馬鹿兄貴が悪いだけ。それにしても、俺ももう少し気の利いたことでもいって、格好良く振る舞えればいいのに——と、先ほどのやりとりを何度も思い返す。

高東だったら、どうするのだろうか……。

突如、先ほど頭のなかで思い描いた映像が甦ってきて、ぼくは頬に熱が走るのを感じた。友達のやるところを想像するなんて、最低だ。

必死にかぶりを振って、その生々しい映像を粉々に散らす。ほんの小さなかけらになっても、それはぼくの奥深いところを疼《うず》かせて、厄介《やっかい》な熱を生じさせた。

その疼きから気をそらすために、ぼくは先ほどの静香さんとのやりとりを思い出して、頭のなかで「まずいことはいわなかったか」とひとり反省会をくりかえす。

後日聞いたところ、その夜、高東は青木さんとどこかに消えてしまったわけではなくて、居酒屋からひとりでまっすぐ寮に帰ったらしかった。

「真野は、あの女の人と一緒だったんだろ？　静香さんてひと」

たしかに一緒なのは否定できなかった。「でも、なにもなかったんだ」——とたずねられてもいないのに告げるのはおかしいような気がして、ぼくはただ「ああ」とうわずった声で応えた。

高東はぼくの表情をちらりと見てから、かすかに唇の端をあげた。

「——よかったな」

反論しようとして、すぐには声がでなかった。「なにもしてない、あのひとは兄貴が好きみたいだし」——というのも間抜けだし、ましてや「おまえのやってるところを想像して、少し興奮して危なかった」ともいえやしない。

「……違うからな」

遅れて、やっとのことでそう告げると、高東はすぐにはなんの意味かわからない表情を浮かべて、「はいはい」とまるで相手にしてない様子で返事をした。

いつもだったら、もう少ししつこく突っ込んでからかってきてもいいはずなのに、高東はその件についてはそれ以上ふれなかった。まるでそんなことは詳しく知りたくないとでもいいたげに。


栗田に五月の連休に地元で会おうという話をしたら、「都合が合わない」というすげない返事がきた。

ようやく顔を合わせる機会が巡ってきたのは夏休みになってからだった。さすがにお盆には地元に帰省するから、そのときに会うことになった。

大学に入ってから、栗田はあきらかにぼくと高東に距離をおいていたが、それも仕方ないことかもしれなかった。向こうの土地で新しい人間関係もできるだろうし、高校時代につるんでいた友達と疎遠になってしまうのも、自然な成り行きだった。

ただ、栗田は意識してわざとそうしているようにも思えて——そうやって離れていく友人の背中を、ぼくはどうにかして引き止めたかった。

結局、この夏休みが、ぼくたちが顔を合わした最後になった。もちろんこのときには、これでもう終わりだなんて思ってもいなかったのだけれども。

花火大会の日にみんなで集まろうということになって、ぼくは久々になつかしい顔を見るのを楽しみにしていた。

井上たちもちょうど帰省しているだろうから呼ぼうかという話をしたら、高東に却下された。

「いや——今回は、三人だけにしないか。栗田と、真野と俺だけで集まろうよ」

ぼくとしては、栗田や高東が井上たちと親しいと思っていたから気を利かせたつもりだったので、「三人で」といわれるのなら願ってもないことだった。

「そうだな。じゃあ、三人で」

当日、地元の高東のマンションで待ち合わせして、ぼくは数か月ぶりに栗田の顔を見た。

「真野」

栗田は変わらない笑顔でぼくの名前を呼んでくれた。いくぶん頬が引き締まって大人っぽい顔つきになったように見える。

「元気そうな顔してる」

栗田は「真野も」と目を細めた。

「春頃、泣き言みたいなメールをよく送ってきたわりには、いまはいい顔してるよ」

「よけいなこというなよ」

ぼくがふくれてみせると、栗田は笑った。

「俺がいなくたって、高東がいるから、大丈夫だろ。真野はあいつといまも、よく遊んでるんだろ」

「——風呂入りにきてる」

栗田は「なに、それ」と驚いた顔を見せた。

「寮にシャワーしかないって、俺のアパートによくくるんだよ」

「そっか。……高東は、真野がひとりで淋しがってやしないか気にしてるんだよ。自分は寮にいるけど、真野はひとりだからって……訪ねる口実なんだろ」

ひとのアパートを便利に使っていて——と思っていただけで、ぼくは高東がそんなことを考えているとは思わなかった。春頃、直史がよく訪ねてきたときには、兄なりに気を遣っているのだろうと思っていたのに、高東に対しては、どうして考えが及ばなかったのだろう。なんだか一緒にいるのが当然のような気がしたから……？

栗田とせっかく話しているのに、高東のことで気が散ってしまうのに、少し罪悪感を覚えた。

栗田はぼくの話す内容を楽しげに聞いて、アパートのことや大学のことをあれこれとたずねたけれども、自分の話はあまりしなかった。

卒業旅行をかねて、栗田のアパートを見にいったとき、広々としていて、これなら人のたまり場になるだろうと想像した。あの場所には、ぼくの知らない栗田の友人たちが出入りしているのだろうか……。

ぼくと栗田がリビングで話しているとき、高東はキッチンに引っ込んだままで出てこなかった。つまみを作っているらしかったが、手伝おうとかと覗きに行ったら、「しっしっ」と追い払われた。

「いいから、栗田と話してろよ。久しぶりだろ？」

「おまえは？」

「真野がくる前に、たっぷり話したよ」

支度が終わって、リビングにきてからも、高東はぼくと栗田が話しているのを聞いているというスタンスで、自分からは積極的に口を開こうとしなかった。

「――真野は、彼女とかできたのか。親しい女の子とか？」

栗田の質問に、ぼくは焦った。

「いや……全然……」

そういった話を向けられると、とっさに兄の友達の静香さんを思い出して、連鎖的に高東のことを考えてしまい耳が熱くなるからだ。友人が誰かを抱くことを想像して、奇妙な疼きを覚えた夜。

ぼくの顔色からあきらかに不自然なものを感じとったのだろう。栗田は「ほんとに？」と訝る表情を見せた。

「――彼女はいないけど、ちょっといい思いならしたよな」

高東がよけいな口を挟む。

「いい思い？」

「真野にも、手ほどきをしてくれるような年上のお姉さんが……」

「よけいなこというなよっ」

ムキになるほうが怪しかったかもしれない。ほんとはなにもなかったというのもいまさら恥ずかしかった。

栗田にもきっとからかわれるだろうと思っていたのに、彼はなぜか気の抜けたような顔を見せた。

「へえ……真野にも、そういう相手がいたんだ」

「つきあってるわけじゃないよな。でも、真野もそんな感じだから、栗田もうかうかしてら

れないよ。真野のほうが先に彼女ができるかもしれない」

なぜ引き合いにだされるのかと思ったけれども、なによりも驚いたのは栗田が口許《くちもと》をこわばらせたことだった。

「——おまえにいわれたくないよ」

栗田がそう返すと、高東は「そうだよな」と応じた。

ふたりのやりとりを聞いていて、いままで意識していなかったものがクローズアップされていく気がした。いつの頃からか、はっきりとさせてしまうのが怖いような曖昧《あいまい》なものが、ぼくたちのあいだにはつねに漂っていて——。

やがて花火大会の時間が迫り、今回はマンションの窓から見るのではなく、会場までいくかという話になった。

「俺はまだ料理の準備があるからさ、ふたりで行ってこいよ。すぐに追いかけるから」

高東は火にかけているものがあるから、その場を離れられないといいだした。

ぼくは「待ってるよ」といったけれども、彼は「先に行ってくれ」と譲らなかった。

「栗田がきっと話があるからさ」

ぼくにだけ聞こえるような声で囁く。ぼくが「え」と固まると、高東は「ほら、行ってこいよ」とやわらく笑って背中を押した。

押しだされるまま、ぼくは前につんのめりそうな浮遊感を覚えながら、栗田とふたりで外に出た。ふたりきりにされることに、栗田もあきらかにとまどっていた。

花火大会の会場である総合体育館広場は、たくさんのひとであふれていた。人混みの雑多な声に塗りつぶされるようにして、ぼくと栗田のあいだの奇妙なぎこちなさも薄れる。

「すごい人だな」

「ああ」

すでに良い場所はとられていて、その場から動くことすらままならなかった。こんな調子では、高東が遅れて出てきても絶対に合流できるはずがない。

そうこうしているあいだに、最初の花火があがった。鮮やかな光と歓声につられるようにして、ぼくは天を仰ぐ。

次から次へと夜空に咲いていく華やかな絵模様を見ているうちに、一瞬、ぼんやりとした。

高東はもしかしたら、最初からこないつもりなのかもしれない。

あいつ、どういうつもりで——?

ぼくは後ろを振り返って、マンションの建物を眺める。高東がバルコニーに出て、花火をひとりで見ているような気がした。すました顔をして、手すりにもたれる姿がいまにも目に浮かびあがるようだった。

後ろを向いているぼくに、栗田が「どうした?」と声をかける。

「いや……高東、こないなと思って。きても、俺たちのこと、見つけられないかもしれない」

「そうだな」

栗田も合流できないであろうことはわかっているようだった。

いくら振り返っても仕方ないのに、ぼくは何度も後ろを見た。もしかしたら、外に出てきてはいるものの、ぼくたちを見つけられなくて焦ってるかもしれない。そう思うと、じっとしてはいられなくて。

「……いくらこっちが見てても、人混みがすごいから、無理だよ」

栗田にそういわれても、ぼくは振り返ることをやめられなかった。

やがてひときわ大きな歓声があがる。

大玉の花火が夜空に散っても、ぼくは空を見上げることができなかった。

「――そんなに気になる？　高東がこないと」

ぽつりと問われて、ぼくははっと栗田を振り返った。栗田はどこか淋しげな笑いを浮かべていた。すぐに花火に視線を合わせて、頭上を仰ぐ。

大歓声のなかで、ぼくは自分の心臓の音が高鳴るのを感じていた。

少し移動しようとすれば、ひとと肩がふれあう混雑ぶりで、栗田とぼくのからだも接近していた。

ふいに腕がぶつかりあって、その体温が伝わってくる。そばに立っている栗田が、息を詰めるのがわかった。やり場のないような湿った熱量を肌に感じる。

その瞬間、いままではっきりとは形状しがたかった相手の気持ちが見えてきた。

同時に、高東がぼくと栗田をふたりきりにして、なにをいわせようとしているのかも。

でも、まさか――という気持ちは捨てきれなかった。そんなふうに思われているなんて。だって、ずっと――友達なのに。

「栗田……おまえ、俺になにか話があるの？」

栗田は振り返って、ぼくを見つめた。その唇がなにかいいたげに開いては、思い直したように閉じる。

「なんで？」

「いや……なんとなく……」

栗田はしばらくぼくをじっと見つめていた。その瞳がやわらかく細められる。

「ないよ。なにもない」

もういいんだ――と、栗田は聞こえないほどの小さな声で呟いた。ほかにもなにかいったかもしれなかったが、花火と歓声にかき消されてしまった。

ぼくはそれ以上なにも問うことはできなかった。

予想したとおり、高東は最後まで花火会場には現れなかった。

7

栗田にはたまにメールを送っていたが、花火大会の日以降、ぼくはそういった気軽な行為もできなくなった。

メールを書くのが怖い。返事をもらうのが怖い。

(もういいんだ)

そういわれてしまったら、こちらとしてはどうしたらいいのかわからない。なにが「もういい」のかすらはっきりとしない。だが、そのままにしておけなかった覚悟を決めて、いつもと同じような近況報告のメールを送ったら、栗田も何事もなかったように返信してきた。いままでどおりでいいのだとわかると、急激に肩の力が抜けた。

もし、栗田にいままでどおりではいられないと告げられたら、ぼくはどうすればいいのか——その答えはでていなかった。はっきりと告げられたわけではない。もしかしたら、ぼくの自意識過剰なのかもしれない。

だって、そんな——まさかだろう?

男同士で友達で……それ以上を考えたことはなかった。友達としての独占欲を抱いたことはあったけれども……。

いままでどおりのごく普通のやりとりをくりかえすうちに、花火大会の夜にたしかに感じとったはずの不可解な熱までが錯覚なのではないかと思うようになった。

日々それだけを考えているわけではなかったし、記憶が薄れるにつれて、ぼくはいつもどおりに栗田とメールや電話でやりとりをした。

栗田に直接会う機会はなかなかなかった。彼もまた、花火大会の日の記憶が忘れ去られるのを待っているように思えた。

何事もないまま季節は移り変わり、さすがに正月は帰省するだろうと思って栗田に電話をすると、「山に友達と初日の出を見に行くから駄目だ」というつれない返事だった。

「なんだよ。久々に会えるかと思ったのに。おまえ、薄情だな」

『俺も真野だけのことを考えてるわけにもいかなくなったんだよ』

笑いまじりの軽い口調に愕然《がくぜん》としたものの、声だけでは相手の真意は読みとれない。

「いってくれるな。まあ、そっちのつきあいもあるだろうけどさ」

『そういうこと。真野に負けられないしな。俺も彼女をつくるように頑張らないと』

さらりといわれてしまって、ぼくは困惑を通り越して拍子抜けした。馬鹿みたいに「そっか」と呟く。

花火大会のときに感じた奇妙な雰囲気は、いったいなんだったんだろう。たしかにつかんだと思った不可解な感情のかけらは、夜空に散った花火と同じく消えていく。

——夏の終わり……。名残惜しいのに、引き止めることはできない——もどかしさ。

だが、これでいいのだと思った。ぼくが馬鹿みたいに気を回しすぎただけ。だって、友達なのだから——。

「気になる子でも、できたの？」

相手の調子に合わせて質問したのに、栗田はふいに押し黙った。なにか失敗しただろうかとぼくは焦る。

「栗田？」

『——まあ、そんなとこ』

なにか含みを感じないわけではなかったが、ぼくは気にしているそぶりを気づかれるわけにはいかなかった。なぜなら、栗田が気づかれることなど望んでいないように思えたからだ。

胸に抱いている感情は広い砂地のようなもので、その一粒一粒は気をつけていないと、地中にどっぷりとうもれてしまう。また、意識的に埋もれさせることもあった。いまのぼくと栗田のように——。

水くさいやつ——電話を切ったあと、ぼくは一抹の淋しさを覚えた。

「栗田が彼女をつくりたいって？」

高東が部屋に遊びにきたとき、その話をしたら、動揺した様子で確認された。

「あいつがそういったのか？　ほんとに？」

「そんなに驚くことないだろ。栗田はもともと女子と仲いいし、すぐにでも彼女なんてできそうだったじゃないか」

自分が困惑したことは棚に上げて、ぼくは高東の驚きぶりを諭すような口をきく。

「そうだけど……驚いたな」

高東はほんとにそれが事実かと疑っているらしく、どこか釈然としない様子だった。

「先越されそうで悔しい？」

「まさか」

口許に浮かんだ笑いは、明らかに見当違いだと告げていた。

高東はかすかに眉根《まゆね》を寄せて考え込む顔つきになる。どうしても納得いかない――そういいたげだった。

「……真野は、栗田と、しょっちゅうメールや電話で話してるっていったよな。大学に入ってからも……夏休みに会ったとき以降も」

「ああ。だけど、このあいだは、『もうくだらないメールで泣きついてくるな』っていわれたけど。栗田のやつ、『もう真野のことばかり考えていられない。真野に負けられない』っていってたよ」

「負けられない？」

「おまえが変なことといったからだろ。俺が年上のお姉さんと……とか。あれで、栗田も『俺も彼女つくろう』って思ったんじゃないのか」

どこかで嘘だと思いながら、説明している自分がいる。

花火大会の日以降、栗田と少しのあいだ気まずくなっていたことは高東に話していなかった。

そもそも高東はなにも訊《き》いてこない。「栗田が話があるから」などといって、ぼくと栗田を花火大会でふたりきりにさせたくせに、その結果にはまるで興味がないようだった。友達だから、あえてそういう態度をとっているのか。それとも、なにがどうなったのか、知りたくないから……？

花火大会が終わったあと、ぼくと栗田がマンションに帰りつくと、高東は案の定、「バルコニーから見てた」といった。「遅れていっても、ふたりのとこにたどり着くだけで大変だと思ったからさ」――予想通りの答えに、ぼくは白々しさを覚えたほどだった。

栗田も高東の前では何事もなかったように振る舞っていたので、ぼくはひとりで狐につままれた気分を味わった。いつになくはしゃいで、つまらないことをいいあっては笑っているふたり。それは高校時代によく見た風景の再現だった。

なんだかんだいって、仲いいのはこいつらじゃないか……。

ぼくはためいきをつきながらも、なつかしい疎外感を心地よく思った。不思議な感傷かもしれなかった。

――このままでいい。このままでいたい……。

ぼくは誰の傷つくところも見たくない。誰かが蚊帳《かや》の外になるなら、ぼくでいい。

高校の頃は、それがなによりもいやだったはずなのに、いつのまにか気持ちに変化が生じていた。

ぼくだって自分が誰かの特別になりたいと願ったことはある。いつだって、どんなことでも、誰に対しても、「俺が、俺が」といいはりたい気持ち。そういった声を大きくあげて、奪いとりたいものはつねにあった。だけど、これだけは例外――そんなことがあってもいいのではないかと思う。

自分の気持ちがどこを向いているのか、なにを求めているのか、わからないままでもいい。三人でいられるのなら……。

あとになって振り返れば、こんなにわかりやすいことはないと思うことでも、当時は気づかないことが多かった。ぼくには友達としての視点しかなかったから、違う角度から物事が見られなかった。

それに、ぼくがべつの視点に気づいたのなら、見たいものはすでにほかにあった――。

声をかけることができずに見ていた、坂道を歩いている背中。話すのが苦手なのに、気になってしようがなかった。

花の美しさなど目に入らないとばかりに、桜並木をうつむいて歩いていたように、気づかないまま通り過ぎてしまうこともできた――音もなく、名前もないままに静かに降り積もっていく感情。それは三人でいるために封印されるべきなにかだった。

高東は栗田のことを考えて、頭を悩ませているようだった。栗田の「彼女をつくりたい」という発言に対して、ひたすら困惑した表情を見せていた。

「そんなにショックなのか？　栗田が彼女ほしいっていったこと」

ぼくがそうたずねると、高東は意外そうな顔をした。

「それは俺が真野に訊きたいんだけどな」

こいつも気を回しすぎだ――と、ぼくは苦笑するしかなかった。

「それは……ショックだよ。あいつ、俺のことばかりかまってられないっていってたからな。でも、淋しいけど、いつまでもそんなことといってられないだろ」

栗田が関西に行くと告げたとき同様、ぼくは彼の決めたことに口を挟むつもりはなかった。誰もが一番いい道を選ぶつもりで決断するのだから。駄目だとわかっていて、その道を進むやつはいない。

そして、ぼくも同じだ――高東だってそうだろう。彼がひどく栗田に気を遣っていることは、いつかの夜の不可解なやりとりを聞いたときからわかっていた。

高東はいつだったか、「好きになったら、彼氏がいても奪い取りたくなる」とたとえ話をしたことがあった。だが、彼にとっても、ぼくと栗田はおそらく「例外」なのだ。

どんなに感情がぶつかりあって軋《きし》む音を聞いても、つながっている輪を保ちたい。

「真野……春休みに、栗田とアパートを見にいくって旅行に行ったことがあっただろう？あのとき、栗田となにか話さなかったのか。花火のときは？」

ふいに高東が重々しい声でたずねてきた。

なにかって？　と、とぼけることもできずに、ぼくは嘆息する。

「――話さなかった」

高東はぼくの表情を測るように見つめたあと、「そうか」と同じように息を吐く。

「……話す必要がなかったんだと思う」

ぼくがいいそえると、高東はもう一度「そうか」とくりかえした。

「――そうなんだな」

高東はどこか気の抜けたようだった。

ぼくが電話で栗田から軽く「俺も彼女を作るように頑張らないと」といわれて拍子抜けしたときと、いまようやく同じ気持ちになったのかもしれない。

「栗田はべつになにも気にしてないんだよ。……っていうより、あいつは俺とおまえが、変に気を遣うことを気にしてる」

核となる部分を抜かした会話でも意味が通じるような気がした。事実、ぼくたち三人のあいだに漂っていた感情に、その頃はまだ明確な名前などなかったから。

高東は「なんのことだ」とは問わなかった。ただわずかに目線を落として、思いを馳《は》せているような顔をする。

「……いいのかな」

ぽつりと呟かれた一言。

高東がなにに対して、「いいのか」といったのかはわからなかった。それでも、ぼくは「いいんじゃないのか」と口にした。高東がそういって肯定してもらいたがっている気がしたので。

「真野……いつか俺が、栗田に『後悔するな』って伝えてくれ、っていっただろ？　あのとき、栗田はなんて応えたんだ？」

「『——後悔なんかしない。おかしなことというやつ』って」

ぼくは栗田が告げたとおりにくりかえした。

高東は「おかしなことか」と呟いて、その言葉の意味を噛《か》み締めるようにしばらく黙り込んだ。

そして、「……考えすぎだったのかな」と呟く。

ぼくが「え？」とたずねると、高東は「なんでもない」と苦笑した。そのまま額を押さえてうつむき、動かなくなる。

「どうした？」

心配になって呼びかけると、高東はゆっくりと顔を上げた。重いものが少しだけ吹っ切れたような笑みを浮かべている。

「いや――なんでもないんだ」

その笑みがとても晴れやかに見えたので、ぼくは思わず問い詰めることも忘れてしまった。はにかんだような、熱っぽさをうかがわせる笑みを見ているうちに、磁石があるみたいに視線が引き合う。

時間の流れが止まったかのように動けなかった。

ようやく不自然に見つめあっていることに気づいて、ぼくは目をそらす。耳もとが熱くなった。

だが、高東は視線を動かさずにぼくを見据えている。

「――真野、正月に初日の出を見にいこうか」

突然、思いもかけない誘いを受けて、ぼくは「はあ？」と大声をだした。

「栗田は、初日の出を見に山にのぼるから、正月は帰ってこられないっていったんだろ。近くの山でいいからさ、俺たちも見に行こう」

「……なんだよ、唐突に」

「なんでか、そういう気分になった」

どういう心境なのか、高東はすっかり行くつもりのようだった。なぜこの場面で、いきなり正月に出かける計画を相談しなければならないのか。

「やだよ。いくら栗田が行くからって、なんでおまえと初日の出を見にいかなきゃいけないんだ」

ぼくは早速憎まれ口を叩いた。

「いやなのか」

「正月早々、男ふたりだけで初日の出を拝みにいくなんて寒いだろ。実家のコタツでみかん食ってたほうがいい」

「無理にとはいわないけど……栗田が『おめでとう』ってメールしてきても、真野はコタツの布団のなかでみかん頬張りながら丸まってるんだな」

「俺だって、ほかに楽しい予定ぐらい作ろうと思えば……」

高東は目線だけで「あるの？」と問い返してきた。ぼくはぐっと黙り込む。「どうせ相手もいないんだろ」と見透かされてしまい、返す言葉がない。

「正月までに予定ができたら、キャンセルしてくれていいからさ」

そんなことをいわれても、予定ができるあてなどあるわけがない。せいぜい帰省しない連中をつかまえて、男同士で遊ぶだけだ。

ぼくはしかつめらしい表情をつくった。

「……おまえがひとりでかわいそうだから、つきあってやってもいい」

「頼むよ」

高東の返答は軽やかだった。

いい方向にいっているように思えた。高校のときから感じていたぎこちなさが消え、すべてが元通りの輪になるような気がした。


大晦日、高東が父親の車を借りて運転して、夜中に初日の出を拝むべく目的地に向かって出発した。

山に登るというので、装備は高東が同じ寮のアウトドア系のサークルに入っている友人に借りた。いきなり山に登る、という話をしたのも突拍子もないことではないらしく、秋に寮の仲間で一度同じ場所に行ったことがあるのだという。山梨にあるその山は、ビューポイントとして有名らしく、山道も整備されているので、ハイキング感覚で登れるとのことだった。

登る山に雪はあまりないと聞いていたけれども、東名高速を走り、目的地近くのトンネルを出たあたりから、積雪がかなり目立った。

パーキングエリアで降りて、コーヒーを飲む。さすがに外は凍てつくような寒さだった。

「――高東、おまえ、栗田と連絡とってるの？」

夏休みに会ったときは、以前のようにじゃれつきあっているふたりが印象的だった。

ぼくがくだらないメールを送っているように、高東もきっと同じことをしていると思ってたずねたのだが……。

「あまりとってないな。真野はしょっちゅうメールしてるんだろ？　でも、俺はそういうガラじゃないからな。会えれば一番いいけど」

高東らしいのかもしれなかった。たしかに、いまこうしてそばにいるからぼくとのつきあいも続いているが、もし離れたら――栗田にはせっせとメールを送れても、ぼくは高東には同じことができない気がした。それはなぜなのか……。

「そっか……じゃあ、今日のことはいってないんだ」

栗田の言葉から、高東がこの「初日の出行き」を思いついたのだとわかっていたが、ぼくは栗田に「俺たちも近くの山に行くことになったよ」とは伝えていなかった。少しだけ後ろめたい気がして――そんなことを感じるなんて、どうかしてるのに。

「野郎ふたりで初日の出見にいくってこと？　真野が『寒い』っていうから、いうわけないだろ。それに、俺にも、見栄ってものがある」

「……そんないいかたするんだったら、最初から俺を誘うなよ」

「そうだな。真野はわざわざかわいそうな俺につきあってくれてるんだもんな」

嘆くようなことをいうわりには、高東は本気で滅入っているふうには見えなくて、むしろ楽しげだった。

ぼくは男友達はできても、女の子には縁がない。「真野くんて、かわいい」と同い年の女の子にいわれると、なにをどう応えていいのかわからなくなる。結果、むっつりと黙り込んで、相手に敬遠されるらしいのだ。黙っていると、ぼくは必要以上につんとすましている印象になるらしい。そういえば、高東も出会った頃のぼくの目つきが悪いといっていたっけ。

そんなぼくとは違って、高東にはいろいろな出会いがあるはずだった。高校のとき、井上たちと女の子を交えて遊んでいたときのことも、あまり話を聞く気になれずによく知らなかったけれども。

「……高東はモテるだろ？　つくろうと思えば、いくらでも相手がいるんじゃないのか」

「モテないよ」

「またまた。嘘つけ。おまえ、ほんとにそういうとこ天然だよな。飲み会いっても、おまえ目当ての女の子がゴロゴロしてるって聞いたけど？」

いつもなら、高東はひとを煙《けむ》に巻いたようなことをいうはずだった。だが、その日は違った。

「その子たちは、俺のなにを知ってるわけでもないからな。――無理だよ」

いきなり珍しく本音めいたことを吐露されて、ぼくは妙な汗をかく。

「そんなこと……話してみないと、わからないだろ。おまえは栗田ほどじゃないけど、普通に女の子と楽しそうに話せるじゃないか。カッコつけてさ」

「いや、真野ほどじゃないよ。真野は、女相手にはクールだよな。無愛想っていうのか。年上のお姉さんにだけは、そんなとこもかわいがられるみたいだけど」

ちょうど気にしていることをつつかれて、ぼくは頬に熱を感じた。

「俺は——好きで、無愛想にしてるわけじゃ……。あれでも、精一杯なんだ。カッコつけてるわけじゃない」

「男と話してるときのほうが、リラックスしてるのか、いい顔してるよな。高校のときさ、おまえが栗田に対してだけ、かわいい顔で笑ってるから、『なんなんだ、あれ』って思ったよ。栗田だけ特別かよ——って」

「俺のことは道で見かけても、知らんふりするくせに……って？」

何度もいわれている恨み言だった。高東は笑いながら「そうそう」と相槌《あいづち》を打つ。

「だから、真野が俺に笑って挨拶してくれるようになったとき……うれしかったな」

ぼくは桜並木の白い光を思い出した。

高校三年の春、通学路を歩きながら、高東はもっと冗談めかした調子で同じようなことをいっていた。いまも口にするほど、ほんとにうれしかったのか……と思うと、妙にくすぐったくなる。

あのとき、桜の淡い光のなかの彼の横顔を切り取りたいと考えた。まるでその考えが伝わったみたいに、高東もぼくに視線を向けてきた。あとで栗田に「なに見つめあってたんだ」といわれたことが記憶に甦る。

たしかに感じたはずの淡い想いも、痛みも、桜の光に塗りつぶされるようにして消された……。

パーキングエリアを出るとき、交代してぼくが車を運転することになった。目的地までもうすぐだったが、少し頭を冷やしたかった。助手席に座っているだけだと、あれこれとよけいなことを考えてしまいそうだったからだ。

「さっきさ……おまえのことを好きな女の子が『俺のなにを知ってるわけでもない』っていったけど……昔から、おまえはそういうことというよな。話したことがないから、つきあえないとか」

高東はしばらく応えなかった。やがてぽつりと呟く。

「妹に対して、俺は意地の悪い兄貴だったから、女の子にはちょっと警戒するのかもな。傷つけちゃいけないって、怖くなるんだよ」

「そんなこと……」

そんなことないだろ、とフォローしたくても、ぼくは高東と妹の関係をよく知っているわけではなかった。

ぼくのなかでは、高東の妹は図書館の彼女だ。やさしく笑っている姿しか知らない。年のわりに小柄で、素直で、どんな話でも楽しそうに聞いてくれた彼女……。

「仲悪かったのか……？　でも、俺も子どものころは、『兄ちゃんなんて、この世からいなくなればいい』って神様に本気で願ったからな」

だから気にするな――という話をしたかったのだが、高東はおかしそうに小さく噴きだした。

「俺たちは、仲はよかったよ。双子だしな……妹だし、俺はかわいがってた。家のなかは、妹の病気のことを中心に回ってた。離婚したのも、母親が父親に対して、『あなたは美緒のことを、なにも考えてくれない』って不満が爆発したからなんだよ。たしかに仕事が忙しいひとだから――愛情がないわけじゃなくても、切羽詰まってる母には冷淡に見えたんだろうな。とにかくなにが起こっても……両親が仲いいのも、悪くなるのも、いつもその中心にいるのは美緒だった。だから、俺は子どものころ、ちょっとヤキモチをやいたことがある。……それで、俺が少し意地悪をするつもりで図書館に美緒をひとりで置いて外で遊んでるときに、真野がナイトみたいに現れたわけだ」

からかうなよ、とぼくがちらりと横目で睨むと、高東はそんなつもりはなかったらしく真剣な表情をしていた。

「……助かったよ。美緒がほんとは淋しがって、『成《なる》くんは意地悪だ』ってひとりにしたことを恨まれてるかと思ったら、あいつはちゃっかりと『仲のいい男の子ができた』ってうれしそうにしてるんだから」

信号で車を止めても、ぼくは助手席の高東を見ることができなかった。

そんなことをいわれたら——わけのわからない感情が込み上げてきて胸がいっぱいになる。しんみりとなるのが怖くて、ぼくは場を盛り上げる適当な言葉を思いつかないまま、あわててしゃべりだす。

「でも、おまえさ……妹に意地悪したとか、そんなに考えないほうがいいんじゃないの？　俺なんて、兄貴にどれだけ虐《しいた》げられたか……いまでも『馬鹿兄貴』とか『死ね』とか時々いいたくなるけど……でも、本気で馬鹿だとか、死ねとか思ってるわけじゃないし」

自分でもピントのはずれた話をしているかもしれないと思ったが、ありがたいことに高東の表情がゆるんだ。

「……そうか。美緒も、そんなふうに思ってたのかな。心のなかで『馬鹿』って思っても、本気じゃないのか」

「そう。ただもう罵《のの》るのが癖になってるだけ。兄貴の顔見ると、条件反射的に」

とりあえず高東が笑いだしたので、ぼくもほっとして笑った。

車を走らせている途中で、高東の視線を横から感じた。先ほどのやりとりの余韻でまだおかしく笑っているような、それだけではないような……やわらかな熱を伝えてくる瞳。

やがて登山道の入口があるキャンプ場に着く。キャンプ場の駐車場は真夜中だというのにたくさんのひとで賑わっていた。ぼくはかなりの厚着をしていたが、吐く息がいまにも凍りそうだった。あちこちで鍋などをしているグループを見かける。

軽い食事をして少し休んでから、入口に向かった。たしかに「ハイキングコース並だから」というだけあって、意外に斜面がきつかったが、整備された道だった。

寒気のなかで土は凍りつき、踏みしめた靴の底に独特の感触を残す。一度この場所にきたことがある高東のあとについて、ぼくは滑りやすい山道を注意深く登っていった。

ライトが照らす高東の後ろ姿を眺めているうちに、その背中が高校の桜並木で見たときの姿とだぶる。

あの背中——うつむいて、気づかれないように後ろを歩いていた。あのとき、苦手なやつだと思いながら、ぼくはどうしてあれほど高東を見ていたのか。

今日は高校のときのことをいやにくりかえし思い出す。こんなことばかり考えて、どうかしている……。

しばらくして尾根にでると、視界が急に開けてきた。ジグザグに斜面を登っているうちに夜が明けてくる。あまりの冷え込みのため顔が痛いほどだった。

しかし、薄明るくなってきた空の下、雪化粧された南アルプスの山々がオレンジ色に染められてゆくさまは、凍てつく寒さなど忘れてしまう絶景だった。

寒さだけではない。よけいなものをすべて吹き飛ばす。あれこれ考えていたことがどうでもよくなり、空っぽになった頭は眼前に広がる風景をただ貪欲《どんよく》に取り込んだ。

——息が止まりそうになる。

白い山肌が、光に飲み込まれる。

頂上はものすごいひとであふれていたけれども、その喧騒《けんそう》も気にならなかった。光を放って昇る朝日は目に眩しく、他を圧倒した。いくら記憶の容量があっても足りないのではないかと思いながら、ぼくはしゃべることすら忘れていた。

その光景に目を瞠《みは》るうちに、意識までもが朝日と冴《さ》えた空気に照らされ、澄んでいくような気がした。神々しい光のかけらが、自分のなかにも少しだけ取り込まれたように感じる。

写真に記録するのは無意味だと思えたけれども、とりあえずデジカメのシャッターを切った。

「きれいだろう？　俺も寮のやつに連れてこられたとき、見惚《みと》れてさ。——真野に見せたかった」

ファインダーをのぞいたまま、ぼくは無意識のうちに高東にカメラを向けていた。「え」とこちらを驚いたように見る顔に焦点を合わせてシャッターを切る。

「なんだよ、予告なしで撮るな」

「ありがとう」

ぼくが礼をいうと、高東は意外そうな顔をしてみせてから、うつむいて笑う。レンズを通して、ぼくは無遠慮なほどそのはにかんだ笑顔を見つめた。

再び眼下の風景に目を凝らす。ぼくがいま考えていることのすべてが、ちっぽけでつまらないように思えた。

栗田はいま、どんな風景を見ているのだろう。清涼な風が吹き抜ける場所に佇《たたず》みながら、頭の片隅でそんなことを考える。

高東とふたりで過ごしていることに対して、少しうしろめたい気持ちも清々しい冷気とともに吹き飛ばされていった。

後日、そのときの山頂の写真を添付して栗田にメールを送ったが、返事はこなかった。

8

初日の出の光景があまりにも鮮烈で目に焼きついて離れなかったので、ぼくはほどなく自分で登山靴を購入した。

「ハマったんだ？」

そういう高東本人も、寮の友達に連れられてあの光景を見て、同じように魅入られていたのだろう。ふたりして、その友達のいるアウトドア系のサークルに入ることになった。

サークルの活動とは別に、ぼくはその冬、高東とふたりで何度か同じように日の出を見に山に登りに行った。まだ暗いうちに登って、頂上で夜明けを待つ。ただじっと光が差してくる瞬間を。

たったそれだけのために息を切らして斜面を登り、一緒にいる人間も目的はひとつで同じだと思うと、不思議な連帯感が生まれる。決して短い時間ではないのに、そのあいだは無心でいられるのだ。

日の出を待っているあいだ、ぼくと高東はいろいろな話をした。

「雑念がなくなる感じが好きだ」――と高東はいった。ぼくもまったく同感だった。

そうやって雄大な風景にふれているあいだは、雑念が薄れているのだ。だから、ぼくたちはあの冬、山によく登ったのかもしれない。

夏場はシャワーですむはずだから風呂を借りにくる回数も少なかったが、寒くなってから高東はぼくの部屋に前より頻繁に出入りするようになっていた。ひとの部屋で以前にも増してリラックスして大の字になっている姿を見ると、思わず蹴飛《けと》ばしたくなる。

「おまえ……部屋の主より堂々としてるって、ありえなくないか」

「少しは許してくれよ。真野は寮のむさくるしさを知らないからな。ここがどんなに快適だかわからないんだよ」

そんなことをいいながら寝転がっているうちに、高東は眠り込んでしまった。気持ちよさそうな寝息を立てている顔を見ているうちに、ぼくの意識はふっと過去の場面に引き戻される。何度もくりかえし巻き戻される映像。たとえば、桜並木で振り返ったときの高東の表情。神社で参拝していたときの、声をかけがたいような横顔。

それらを頭のなかで再生しながら、いまどうして彼はここにいるのだろう、と考える。

高東の寝顔を見ながら、そうやって意味もなく漠然とした思考に浸る時間がぼくは好きだった。ひとり遊びのようだと思いながらも心地よくて――ずっとこの閉じた輪のなかをぐるぐる回っていたいと思う瞬間すらあった。どこにも辿《たど》り着かない想い。

こんな感情に意味はない。

――意味があってはいけない。

ぼくたちは高校のときからの友達で、そのうちにかわいい彼女ができればいいと思ってる
――普通の男なんだから。

やがて高東は目を覚ますと、ぼくが先ほどまで考えていたことが通じたみたいな言葉を口にした。

「……こんなに俺が入り浸ってちゃ、真野が女の子連れ込むこともできないよな」

寝顔を見ていたと気づかれたくなくて、ぼくはことさら仏頂面をつくる。

「よくいうよ。そんなことありえないってわかってるくせに」

「だけど、真野だって男なんだから……彼女ほしいとか、したいって思うことあるんだろ?」

「それは……普通にあるよ。おまえだってそうだろ」

高東は目を閉じて笑いながら、「ある」と小さく呟く。

負けまいとしてたずねたけれども、生々しい返答をされて、心臓が跳ね上がる気配にぼくはとまどいながら下を向く。

「真野は……お兄さんの友達のひととは？　静香さんだっけ？　あのひとと、連絡とったりしてないのか。たまに会ってるんじゃないの？」

高東がそのことをあらためてたずねてくるのは意外だった。詳しく「どうだった？」と訊いてきたこともなかったから。その声は、少しこわばっているように聞こえた。

「――いや」

そのまま話を終わらせてしまうこともできたけれども、ぼくはいつもいいそびれていたことを白状することにした。

「あのさ……おまえ、前からなんか誤解してるみたいなんだけど――違うんだからな」

高東は首をかしげる。

「なにが？」

「なにがって……だから、俺は最初からそういっただろ？　静香さんのことだけど……おまえの考えてることは違うから」

「――俺がなにを考えてるって？」

こういうときに限って、高東は察しが悪い。

だから……といいかけて、ぼくは頬が赤らむのを感じた。

いままで否定しなかったのに、いまさら真相を告げるのはひたすら格好悪い。でも、嘘をついたままなのは、性に合わなかった。

「……だからっ、なにもしてないんだよ。俺は、いい思いなんてひとつもしてないの。あのひとはたぶん俺の兄貴が好きなの。俺をからかっただけ。わかったか？」

恥をしのんで、こんなに事実を明確に伝えているのに、高東はしばらく意味がつかめないという顔をした。

「あの夜、彼女の部屋に行っただろ？」

「だから、部屋に行っても、おまえが思ってるようなイイコトはなにもしてない。……それどころじゃなかったっ……」

あの夜、静香さんの部屋にいながら、ぼくは高東も居酒屋で仲良さそうに話していた女性と同じことをしているのかと考えた。彼が誰かを抱くところを想像して、ありえない反応が起こってしまった。それは記憶の彼方に葬り去りたい出来事だった。

しばらく考えることもなかったのに、ありありと当時の状況を思い出してしまい、ぼくは気まずくなって高東から目線をそらす。

やがて惚《ほう》けたようにぼくを見つめていた高東の目に悪戯《いたずら》っぽい光が見えた。

「——真野がそんなに真っ赤になってるとこって、初めて見た」

「……うるさいんだよ、いちいち」

ぼくは頬に手をあてて、なんとかその熱さをぬぐいとろうとしながら、そっぽを向く。

高東は黙ったものの、なんだか楽しげにぼくを見つめていた。

ひとがなにもしてないことがわかって、なぜそれほどご機嫌なのか——畜生。

「なんだよ……見るなよ」

寝転んだまま、上目遣いにぼくを見ている高東の額を軽く叩いてやった。高東は「いて」と呟きながら、ぼくの手をつかむ。

びっくりして、ぼくはあわてて高東の手をはじいて、後ろに引く。

高東は笑いながらゆっくりとからだを起こした。目はぼくをまっすぐにとらえたままだ。

「そうか……お兄さんの……だから、いまでも『馬鹿兄貴』って罵ることがあるって……」

ぼくは「そのとおり」と何度も頭を振って頷いた。

「……だから、もう静香さんのことをいうのは、やめてくれよ。おまえにからかわれるたび、俺はまだ癒えない傷口をグリグリとえぐられてるような……」

「ごめんごめん」

すぐに謝りながらも、高東はやはり楽しそうだった。「そうか……そうだったのか」となにやらひとりで納得しながら、力が抜けたように再び畳の上に横たわり、目を閉じる。このままもう一度おとなしく眠ってくれ、と思った。

「そんなに傷つかなくても大丈夫——真野のことを好きなやつはいるよ、きっと」

高東がふいに目をぱちりと開いてそういったので、ぼくはしかめっ面になった。

「おまえのいいかたって、いちいち気に障るよな……。おまえだって、ひとにえらそうなこといえないだろ。俺と初日の出見に行ったくらいなんだからな。自分のこともよく考えろ」

「……真野に彼女ができたら、考えるよ」

「それじゃ、一生無理かもしれない」

「いいよ」

高東は再び目を閉じ、「うーん」と伸びをすると、寝返りを打った。

どういう意味で「いいよ」といってるのか。心臓が不規則な音を立てた。高鳴りすぎて痛いほどだった。

「馬鹿なこというなよ」

「べつに馬鹿なことじゃない」

それ以上、どういう言葉を返していいのかわからなかった。

馬鹿なことだよ。

それ以外、どう表現のしようがあるっていうんだ。こんなどうしようもないやりとりをして。

「――落ち着くな」

目をうっすらと開けて、高東が天井を仰ぎながら呟いた。

「真野のそばでこうしてるのが、俺は一番落ち着く……」

居心地のよさという意味では同感だったけれども、これはずいぶん偏った感情なのではないかと思う。

だけど、「ふざけたことというな」と口にはできない。もう少し——いまのままで過ごしたかった。馬鹿なことをいいあいながら……。

「真野——いま俺がいる寮は一、二年専用なんで、風呂がないっていっただろ？　三、四年になると、べつのところになるんだ。そこは風呂もあるんだけど」

「よかったじゃないか」

高東はなにやら浮かない顔を見せた。

「でも、三年になるまで、あと一年も待てないな。真野……このアパートって、うちの学校の人間ばっかり？」

「大学に近いって以外、住むメリットほとんどないだろ。全員そうだって大家さんがいってたよ」

「予約できないかな。今度の春に、もし出ていくやつがいれば。俺、このアパートに引っ越してこようかな」

ぼくは一瞬返答に詰まった。

「おまえが同じアパートにくるなんてやだよ」と冗談めかして、おおげさにいやがればよかったのか。それとも、「ああ、それがいいよ」と友達が近くに住むことを手放しで喜べばよかったのか。

結局、ぼくはまともなリアクションもとれないまま、「大家さんに紹介するよ」とだけいった。

高東はぼくの顔を見ずに、「頼むよ」といまにも眠りに落ちそうな声で呟いた。

9

大学二年の春、高東はぼくの隣の部屋に引っ越してきた。

前の隣人は四年生で、ちょうどいいタイミングで卒業していったのだ。地方の実家に戻るらしく、高東は大家を通じて引っ越しのさいに冷蔵庫や洗濯機などの電化製品をもらったらしかった。

隣に越してきたといっても、いままでちょくちょく遊びにきていたのだから、なにが変わったというほどでもない。

安普請なので、隣の音はよく聞こえる。ドアが開く音がして、部屋にひとの気配がすると、「お、帰ってきたのかな」と思う。そのまま壁をどんどんと叩いて、窓から「メシまだなら、一緒に行かないか」と声をかけると、向こうの窓から腕がでてきて、「ＯＫ」のサインをよこす。

ふたりが同じアパートに住んでいるとなると、自然にサークルの連中が集まってきて、あっというまにぼくと高東の部屋はたまり場になった。ぼくは勘弁してほしかったが、高東は「俺はこういうのが好きだから」といって部屋を喜んで提供していた。思えば、高校のときから、彼の家にはいつもひとが集まっていた。

友達が隣に住んでいるというのは、便利といえば便利だったが、不便でもあった。いままで知らなかった部分も垣間見えてくる。同時に、いままで知らなくてもよかったことまで知りたくなるのだ。隣にひとの気配を感じて「あ、いるな」と思うと、高東が部屋でなにをしているのか気になる。誰かと電話で楽しそうに話している声が聞こえると、いったい相手は誰なんだろうと思う。

サークルには新入生が一気にはいってきたが、そのなかに柏木真帆《かしわぎまほ》という女性がいた。歓迎会で高東の顔を見るなり、「成くん」と呼びかけて、みんなの注目をいっせいに浴びた。驚いたことに彼女は高東の幼馴染《おさななじ》みだった。というよりも妹の友達で、昔住んでいた家が近くにあり、家族ぐるみのつきあいをしていたのだという。いまでも、父親同士がゴルフに行ったりしていて、縁があるようだった。

大人しそうな線の細い女の子だったが、高東に接するときの無邪気な笑顔は、「憧れのお兄ちゃん」と同じ大学に入れた喜びにあふれていた。高東も「妹みたいなもの」だと公言していた。

双子の妹の美緒ちゃんの数少ない友達だったので、高東は彼女のことを大事にしているようだった。小学校から私立の女子校育ちで、共学にまったく免疫がないので、どうか面倒をみてやってくれと親からも頼まれているらしい。

さらさらの黒髪に、黒目がちの瞳——いかにもお嬢さん然とした清楚《せいそ》な服装。たしかに妹としてかまいたくなるような可愛らしさがあった。

高東の部屋にひとりで訪ねてくる女性は、彼女だけだった。幼馴染みということで気安いのだろう。高東を「成くん」と呼ぶ控えめで柔らかなしゃべりかたは、妙に甘い。笑い声が高くて響くので、窓を開けているときは隣の部屋の音がよく聞こえてきた。

だが、相手に合わせているのか、柏木真帆がきているときは高東の声も低く小さくて、笑い声のほかはこちらにはっきりとしゃべっている内容が聞こえてこなかった。

いくら幼馴染みで、サークルの後輩でも、これだけ頻繁にひとりで部屋を訪れているところを見ると、周囲の目は当然のようにふたりが出来上がっているものとしてとらえる。

「妹みたいなものだっていってるのにな」

高東がそうぼやいているのを聞いていたので、ぼくはふたりに特別な関係がないのは知っていたけれども、周囲がそうかんぐるのも無理はないと思った。

「……でも、誤解されて当然なんじゃない？　あの子だって、絶対にそのつもりだしさ」

「そうかな？」

高東は本気で首をかしげていた。

自分がまったくそういう対象としてみていないので、相手が期待することを考えなかったらしい。

いろいろなことに気を回すやつなのに、女性が自分に対して寄せる好意に関してだけはえらく頓着がなかった。ぼくも決してひとのことはえらそうにいえない立場なのだが。

「……おまえ、やっぱり、天然だよ」

自分のことを棚にあげてえらそうにいってやると、高東は「妹なのに、困ったな」と神妙な顔つきで考え込んでいた。

数日後、夕方に近所のスーパーに買い物にいって帰ってくると、アパートの階段を高東と柏木が並んで降りてくるところに遭遇した。

ふたりそろっておでかけか——とぼくは渋い顔をした。

「高東、出かけるのか？」

「晩メシ買いにいこうと思って出てきたとこ。真帆はいま、帰るところだからさ」

柏木は「こんにちは、真野さん」とやわらかい笑顔でぼくにあいさつをした。

かわいいんだけどな——と男の目から見て素直に思う。高東も、妹以上に思ったりすることはないのだろうか。

「高東。俺、今日は晩メシつくるつもりだったから、材料買ってきたんだけど。一緒にどう？」

高東は「お。ありがたいな。サンキュ」と、ぼくの手にしていたスーパーの袋に図々しく手を伸ばした。

「柏木も、一緒に食べる？」

ぼくが声をかけると、柏木は一瞬考え込んだものの、かぶりを振った。

「ありがとうございます。でも、今日は帰ります」

妙に沈んだ声を返されて、ぼくは「ああ、そう」とそれ以上しつこく誘うこともしなかった。ぼくは一年にとっては親しみやすい先輩ではないだろうから、柏木も肩が凝るのかもしれない。それでなくても彼女はいかにもお嬢さん育ちの潔癖さがあって、サークルのなかでも高東以外の男に自分から話しかけることはなかった。

柏木は「じゃあね、成くん」と高東に手を振ってから、ぼくに軽く頭をさげた。踵《きびす》を返す寸前、訴えかけるような視線をちらりと向けられたことに驚く。なぜ、ぼくに？

「──彼女になにかいった？」

高東の部屋で夕食を食べながら、ぼくは気にかかっていたことを口にした。

どうしてぼくがあんな助けを求めるような視線を向けられなければならないのか。

「──いった。あんまりひとりで俺の部屋に気軽にくるなって。誤解されるからって」

とうとういったのか……。かわいそうだけれども、高東にまったくその気がない以上、突き放されるのは早いほうがいいに決まっていた。

「彼女、おまえのこと好きなんだろ？」

「でも、俺はその気がないってことも伝えたから」

高東はきっぱりといいきる。

「──真帆にはちゃんと説明もして、いろいろ話したよ」

ぼくは「そうか」と頷いて、それ以上詳しく追及はしなかった。

あの子が高東に「その気がない」といわれて、ぼくに含みのある視線を向けてきたのはなんの意味があるのだろう。柏木はぼくになにか訴えかけたいことでもあるのか。

でも、なにを──？

真相を知る機会は意外に早くにきた。大学で講義のあと、教室を出たところで、ぼくはひと待ち顔で佇んでいる柏木と出くわした。

「真野さん。ちょっとお話ししたいんですけど、いいですか」

まさか柏木のほうから話しかけてくるとは思わなかったので、びっくりした。

学食に行って、なるべくひとが近くにいない席を選んで座った。このあいだ妙な視線を向けてきたわりには、柏木はぼくの顔をまともに見ようとしなかった。

「話ってなに？」

なるべく愛想よくたずねたつもりだが、柏木は緊張しきった様子で「ええ」と言葉を濁す。

弱った──と思った。彼女もぼくと同じくらい対人スキルが高くない。

女子校育ちの後輩の気分をうまいこと和ませるなんて高等テクニックは、ぼくには無理だった。この気まずい間を埋めるためになにか適当な話題はないだろうかと考えているうちに頭が痛くなってきたので、「ちょっと待ってて」と立ち上がる。飲み物を買おうと思ったのだが、ちょうどデザートの杏仁豆腐が目についたので、柏木にはそれを買った。

「よかったら食べる？」

いきなりトレイにのせた杏仁豆腐をテーブルの上で勧められて、柏木はびっくりしたように目を瞠った。女の子は甘いもののほうがいいだろうと単純に考えたのだが……。

「あ、ごめん。コーヒーのほうがいい？　交換しようか？」

自分用に買ったコーヒーを差しだそうとすると、柏木はあわてたように「いえいえ」と首を振った。

「とんでもないです。……いただきます」

「そう？　……よかった」

柏木が杏仁豆腐を食べはじめたので、なにも話は進んでいないにもかかわらず、ぼくはほっとしながらコーヒーをすすった。とりあえずなにか食べていれば、間がもつからだ。

ぼくだったら三口ぐらいで食べ終わりそうな杏仁豆腐を、柏木はほんの少しずつスプーンですくいながら笑顔を見せた。

「……真野さんて、もうちょっと怖いひとなのかと思ってました」

「え？　俺？　俺はそんな……怖くないよ？」

柏木は「ですよね」と頷いた。

「成くんにも、『真野は見かけほど、すましたやつじゃないよ。かわいいとこあるから』っていわれてたんですけど」

「いや、かわいくもないけど」

速攻で否定すると、柏木はうつむいて声をたてて笑った。

「成くんに……このあいだ、『妹みたいにしか思ってない』っていわれてしまって——『好きなひとがいる』って。真野さんは、成くんと高校のときからのお友達だっていうから——そのことで、ちょっとお話を聞いてみたかったんです」

ようやく本題に入った。そういうことか……と納得する。

「真野さん、成くんの好きなひと、知ってますか……？　同じ大学だっていうけど、名前は教えてくれなくて」

知るわけがない。高東だって、幼馴染みの女の子の気持ちを受け止めることのできない口実として、「好きなひとがいる」といっただけだろう。

「いや……俺は、なにも知らないけど」

「高校のときからだっていうんです。同じ高校で、この大学に入ってるひとだと思うんですけど……見当つきませんか」

コーヒーを飲む唇がわずかに震えた。

そんなふうに条件をしぼられても、思い当たる相手などいなかった。

「そのひととつきあってはいないって……でも、好きだから、わたしには応えられないって。つきあってないなら、チャンスがないのかなと思って詳しく訊いたんですけど……成くんはその相手に、いまはまだ告白できないけど——もう少し待たなきゃいけないけど、ずっと好きだから無理だって」

告白できない——とは、どういう意味なのだろう。

「それって、どういうこと？」

「成くん、高校のときに、仲良くしてた友達が好きだったかもしれない相手を、自分もいつのまにか意識するようになったっていってました。それを友達に勘付かれて、気まずくなったことがあるって……。その友達は関西の大学にいってしまって、いまはそばにいないみたいだけど。結局、友達はその相手に告白もしなかったらしいんですけど、いまでも『もしも……』と思うから、抜け駆けするみたいで身動きがとれないって」

いったいそれは誰のことなんだ——頭の血がスッと引いていく気がした。

「でも、なんか変ですよね。そのふたりがすでにつきあってて、成くんが横恋慕してたならともかく、その話じゃ関西にいったお友達の本心もわからないし、成くんもまだ相手に自分の想いを伝えたわけでもない。誰も裏切ってないじゃないですか。……でも、成くんは、『裏切ったとか裏切っていないとかの問題じゃない。惹《ひ》かれたこと自体が問題なんだ』っていうんです。『友達がその子を好きなことは知ってたのに』って……だから、もう少し時間が必要で、待つんだって」

どうして高東は、そんな具体的な話をわざわざ柏木にしたのだろう。

わかっている。柏木は妹の美緒ちゃんの友達で、高東にとっては大切な存在だから。その女の子の気持ちに応えられないというのに、適当に嘘の理由をあげるわけにはいかなかったのだろう。高東なりに真摯《しんし》に対応したつもりなのだ。

——変なところに律儀だから……。

「わたしは成くんがそんなにその友達のことを気にしてるなら、その意中の相手とつきあえるようになっても、うまくいかないと思うんですよね。どうしたって、ぎくしゃくすると思うんです。その友達と一生もう会わないならともかく」

柏木が懸命に訴えるのを聞いて、ぼくは「そうだね」と相槌を打った。

「心当たりありませんか？　誰なのかな」

「いや——悪いけど、あいつもほかに交流多いから、俺も把握しきれてないな」

柏木は「そうですか」と残念そうにうつむいた。

「ごめんな。力になれなくて」

柏木は「とんでもありません」と首を振ってから、杏仁豆腐をきれいにたいらげた。ぼくが「ここで少しひとを待ってるから」と告げると、「ごちそうさまでした」と頭を下げて立ち上がる。

柏木が去っていく背中を眺めながら、ぼくは残りのコーヒーをすすった。

誰も待つ予定などなかった。ただ、いま椅子から立ち上がってしまったら、全身の力が抜けてしまい、まっすぐに歩ける自信がないだけだった。


ぼくがメールを送っても、栗田からは返事がこないほうが多かった。

だからその年の梅雨の初め、電話がかかってきたときには驚いた。

雨がしとしと降る夕方——その日は高東と一緒に夕飯を食べにいく約束だったが、彼はなかなかアパートに帰ってこなかった。

ぼくは窓ぎわに腰をおろして、携帯電話を耳にあてながら窓の外の通りを見つめた。

「栗田……久しぶり。おまえ、元気なの？　どうしてたんだよ。生きてる？」

ぼくから電話しても、栗田から電話がくることはまずない。話しても、栗田は「いまちょっと忙しいから」とすぐに電話をきってしまう。

『ごめんな。ずっと連絡できなくて。いま、真野と高東は同じアパートに住んでるんだよな。一度そっちに遊びに行こうと思ってるんだけど』

「こいよ。夏休みにでも入ったらさ。おまえ、全然連絡くれないんだもん」

『いや……こっちもいろいろあって、忙しくてさ』

ぼくも栗田も、会話が途切れるのをおそれるように話していることを、互いにはっきりと意識していた。

『真野もサークルに入ったんだろ。アウトドアの——初日の出の写真、ありがとうな。俺のも送ればよかったな』

栗田があのメールのことにふれるのは初めてだった。

あまりにも見事な風景だったので、栗田にも見せたいと思ったのだが、送ってしまってから、よけいなことをしたのかもしれないと後悔した。

栗田がいったん息を深く吸い込む気配がする。

『真野には、メールの返事もろくにしてなかったな。送ろうと思ってたんだけど、書きはじめたらよけいなことまで書いてしまいそうで怖かった。でも今度、ちゃんと書くよ』

「無理しなくてもいいよ。俺はメールをちょこちょこ書くのが好きなだけだから」

妙な緊張感が存在するのはたしかなのに、ぼくと栗田の会話には昨日の続きのような気安さがあるのもまた事実だった。

「栗田、お盆はさすがに地元に帰ってくるんだろ？　会おうよ」

『バイトが入ってなければな』

「いいじゃないか。バイトなんて、そんなの……」

いいかけたところで、ちょうど窓から通りを歩いてくる高東が見えた。隣に女物の傘が並んでいる。柏木真帆だった。

高東に「誤解されるから」といわれて以来、彼女がアパートにひとりでくることはほとんどなくなっていた。いったい今日はどうしたのだろう。

アパートの手前で、高東は立ち止まり、柏木になにかいっているようだった。柏木が了承しない様子でかぶりを振っている。

もしかしたら、「部屋には入れない」「いやです」というやりとりでもしているのだろうか。

結局、高東と柏木は並んでアパートのなかに入ってきた。階段をのぼってくる足音がする。

高東の部屋の鍵を開ける音——。

『真野？　どうした。急に黙り込んで。なにかあったのか』

電話口で栗田が心配そうに訊く。

「いや……」

心臓をわしづかみにされているようで、胸が痛かった。

傍《はた》から見ればお似合いのふたりなのに、高東は彼女を受け入れないのだろうか。妹としか思えないから？　それとも、熱烈にアプローチされるうちにほだされることもあるだろうか。

どちらであっても、ぼくはこうして隣の部屋の気配に耳をすまさずにはいられないほど、ふたりの成り行きを気にしている。……気にせずにはいられない。

ドキンドキンと心臓の鼓動が大きくなってきて、そのうちにめまいを覚えた。

「栗田。俺、おまえに会いたいな。──会って、話したいことがある」

口から苦しげな声がこぼれたことに、自分で唖然とする。今度は栗田がしばし沈黙する番だった。やがてつつみこむようなやさしい声がした。

『うん──俺もだな。ちゃんと話したいよな。なかなかじっくりと話してないし』

「ああ……」

ぼくの声が震えていることが栗田に気づかれていなければいいと思った。もっとも気づいても、栗田がなにもいわないことはわかっていたけれども。

『ずっとまともに連絡とらなくて、ごめんな』

どうして栗田が連絡をしてこなかったのか。ぼくにたずねる勇気はなかった。あれこれ考えると、ややこしいことになってしまうから。

もしかしたらそうなのかもしれない、と思っても、頭の片隅に追いやってしまったことはいくつもある。

気づいてはならないことがある。

気づいてしまっては、変わってしまうものがある。

ぼくはこれからも高東と栗田とつきあっていきたかった。三人で会ったときには気の合う友達同士として笑いたかった。高東も栗田も、それを望んでいる。だからこそ、ぼくたち三人のあいだには言葉にできない多くのものが漂ったまま――。

『今度、メール書くよ。そっちにも行くから』

電話が切れてしまうと、ぼくは携帯を握りしめたまま、しばらくぼんやりとしていた。

隣の部屋のドアが開いて、ひとが出て行く気配がする。柏木が帰ったのだろうと思った。

高東がもしかしたら柏木の一途《いちず》さにほだされることがあるかもしれないと想像するだけで、息が止まってしまいそうに苦しかった。

柏木はいい子だし、かわいい子なのに――高東は彼女とつきあったほうがいいに決まっている。なのに、恋が叶《かな》うことを素直に喜んでやれない。

この感情はいったいなんなのか。

俺は男で――友達なのに？

その部分でひっかかって、なにもかもが先に進まなくなる。

しばらくして、高東が「真野？　悪い、遅くなったけど」と夕飯の誘いにきたけれども、ぼくは畳の上に寝転がっていて動くことができなかった。動きたくなかった。

この先、もしも高東と柏木がつきあうことがあったら、時間の流れを止めたいと馬鹿なことを考えた。

10

大学二年の夏休み、サークルで河原にキャンプにいった。

空が抜けるように青い。都内から車で一時間ほどの距離にあるキャンプ場は、多くのひとでにぎわっていた。

柏木は相変わらず高東のことをあきらめてはいないようだった。どこに行くにしても、あくまで控えめながらも、高東のそばをついてまわっている。

最初はカップル扱いされていたが、その頃にはふたりがつきあっていないことは仲間内では知れ渡っていた。清楚でかわいい柏木は男連中に絶大な人気があったので、高東はよく「なんであんないい子に好かれてつきあわないんだ、おまえはおかしい」と先輩たちに理不尽に責められていた。

女の子というのは、けっこう露骨に男を品定めする。今年入学してきた女の子たちは、ほとんどが高東狙いだった。そのなかでも一番かわいい柏木まで高東にべったりしているとなれば、ひがむ声もでてくるものなのだろう。

「しかし……高東はもてるよなあ。あいつ不感症じゃないのか。柏木にあんなに熱い目で見つめられても、まったく気持ちが動かないのかね」

「でも、ほんとはみんなの手前、隠してるだけで、実際にできてたりして」

「かもなあ」

そこで、高東と親しいぼくに質問がくる。

「なあ、真野は隣に住んでるんだろ。ほんとのところ、どうなの？」

まだ陽も高い空の下、河原の照り返しに目を細めていたぼくは、かなり目つきが悪くなっていたに違いない。ぼくが振り返ると、先輩たちはぎょっとしたような顔をした。

「俺は知りませんよ。今度、俺の部屋に泊まって、壁に耳でもつけて、みんなで隣の部屋の様子をうかがいますか」

「いや、いいけどさ」

実際のところ、ぼくは高東と柏木がどういう関係になっているのか知らなかった。以前、高東は柏木にきっぱりと気持ちには応えられないと告げたはずだった。だが、それ以降も、柏木は高東に積極的に近づいていっているし、部屋に時々顔を出しているようだ。高東はなにもいわなかったが、もしかしたらぼくが知らないうちに関係が変化していることもありえる。

いや——それはぼくがただ危惧《きぐ》しているだけで、実際にはなにもあるわけがなかった。もしそうなったら、高東がぼくにいわないはずがない。

それがわかっているのに、もやもやとしたものを覚えるのはなぜなのか。

「真野さーん」

昼のバーベキューのあと、ゴミをだしにいこうとすると、一年生の女の子ふたりが追いかけてきた。手にゴミ袋をもっている。

「それも捨てるの？　もっていくよ」

彼女たちがもっていたゴミを引き取ろうとすると、自分たちも捨てにいくという。わざわざ三人で捨てにいくほどの量ではないと思ったが、ここでいつも「必要ないよ」といってしまうのが無愛想といわれる原因なのだろうと反省して一緒にいくことにした。

「さっき高東さんに聞いたんですけど、真野さんて、高東さんと同じアパートに住んでるんですか？」

「ああ……うん」

「うっわー、ほんとなんだぁ。仲いいんですねぇー」

なにがうれしいのか、女の子ふたりは顔を見合わせて笑っている。ぼくもつられて笑ったけれども、内心早くこのふたりから逃げだしたかった。どこに跳ねるかわからない会話のキャッチボールをするのは苦手なのだ。

だが、ゴミだしから帰ってくると、そのまま腕をつかまれて女子数人の話の輪のなかに引っぱりこまれた。いったい誰の策謀なのか。

しばらく冷や汗をかきつつ女の子たちの話につきあってから、ようやくトイレにいくといって解放してもらった。ぼくはサークルがテントをはっているところから離れてほっと息をつく。

まだ夏は始まったばかりだったが、栗田からは地元に帰る日程が決まらないという連絡がきていた。

引っ越しをしたらしく、いろいろ気忙《きぜわ》しいらしい。やけにあらたまった様子で、「真野や高東に報告することがあるから」という。いままでにないほど明るい調子の声に、ぼくは面食らったほどだった。「真野も、なにか俺に話があるっていってたよな」と反対に問われてしまった。

たしかに先日の電話で栗田に「話がある」と告げた。あのとき、なにを考えていたのか。いったいどんな話をするつもりだった——？

川べりでぼんやりと考え込んでいると、やはりキャンプにきている子どもたちが石投げをはじめた。小さな石つぶては、きらきらと光る川面《かわも》を滑るように飛んでゆく。

見ているうちに自分もやりたくなってきて、ぼくはよく飛びそうな平たい石を選んで投げた。

石は水面を跳ねて、小さな波紋をつくりながら遠くまで飛んで沈み込んだ。何回かやっているうちに、子どものころに覚えたコツが思い出されてきて、波数をつくる回数も多くなる。

そばで投げている子どもたちが「おお、すげえ」と石が跳ねる回数を数えて感嘆の声を上げるのも気分がよかった。

そのうちに背後から、もうひとり石を鮮やかに投げるやつが現れた。ぼくよりも多い回数の波紋をつくって、石はかなり遠くまで飛んでいく。投げたのは、高東だった。

「お子様だな。こんなので遊んでるなんて」

「うるせえよ」

ぼくは負けじともう一度石を投げた。今度は高東のよりも多く跳ねた。どんなもんだ、と見やると、高東は馬鹿にしたような笑いを浮かべた。

「いや、俺はこんな勝負、真剣にしてないんだけど」

そういいつつも、石をていねいに選びはじめる。そうして高東がサイドスローで投げた石は、鋭く水面を切り取るように何度も跳ねて遠くまで進んでいった。

「うん。真剣にやると、こんな感じかな」

ぼくは静かなる闘志を燃やして石を拾い上げると、もう一度投げた。「負けず嫌いだな」と高東が呟いたけれども、「どっちがだよ」といいかえした。

「最高記録何回だ」といいあいながら石投げに興じているうちに、サークルの連中が周囲に集まってきた。みんなで石投げ大会になってしまったので、ぼくたちは早々に戦線離脱をしてテントに引き上げた。

シートに腰掛けて、冷たい飲み物で喉《のど》を潤す。高東もすぐ隣に座った。

「……高東、おまえ、女子になんかよけいなことといっただろう？　さっき捕まったぞ」

「ああ。彼女たちが、『真野さんと話したいけど、話しかけにくい－』っていうから、『あいつはシャイなだけなんだよ。話しかけると喜ぶよ』っていっておいたけど。なんだ、早速もててたんだ？」

「もててたんじゃないよ。よけいなことというな。ほんの数十分のあいだに、山登りしたくらい体力消耗したぞ」

高東は愉快そうに笑った。

「俺が真野と住んでるアパートが一緒で、部屋が隣だっていったら、彼女たち喜んでたな。『いやー、同棲してるみたい』って。『うん、そうだよ』って答えておいたけど」

「……馬鹿じゃないのか。変に誤解されたらどうするんだ」

ぼくが顔をしかめると、高東はさらに声をたてて笑った。

「困るよな。俺と真野のあいだにはなんにもないのにな」

心臓が跳ねるのを感じて、ぼくは顔をそむけた。いったいどういうつもりでこういうことをさらりというのか。

「……おまえは柏木とデキてるってもっぱらの噂」

「誰がいってるんだ、そんなこと。真帆にはちゃんと無理だって伝えてある。そういっただろ？」

「今度はみんなの前では隠してるんじゃないかっていわれてるぞ。柏木は相変わらずおまえになついてるし、おまえもかわいがってるし」

高東は憮然《ぶぜん》とした顔つきになった。

「――ほんとに、なにもない。あるわけないだろ」

「俺にいったって仕方ないよ。疑ってるのはほかの連中なんだから」

おまえがやさしくしすぎるから、彼女を期待させてるんじゃないか――どろどろと腹のなかが真っ黒になっているような台詞がでてきそうなことにとまどう。

ぼくの態度に険がにじみでていたせいか、高東は黙り込んでしまった。ぼくも居心地の悪さを感じて、同じように押し黙る。

川べりで遊んでいる連中のはしゃぐ声がここまで聞こえてきた。柏木はいま、あのなかにいるのだろうか。べつに彼女は悪くないのに、よく響く笑い声が神経をぴりぴり刺激する。情けなくて、表情がゆがむ。顔を見られたくなくて、ぼくはうつむいた。自分はいつからこれほど醜いことを考えるようになったのか。

「真野――誤解してる？」

「べつにしてないよ」

ぶっきらぼうな声しかでないことがいやになる。

もし高東が誰かとつきあうようになったら……自分は「よかったな」といってやらなければいけない立場なのに。

「──妬《や》いてる？」

ふいにたった一言問われただけで、ぼくは顔が赤くなるのを感じた。熱が一気に顔じゅうに広がる。

高東がびっくりしたようにぼくを見つめた。目線が合うと、さらに顔の温度があがった。

「……妬くわけないだろ」

ぼくはやっとのことでそういいかえした。高東は苦笑してから、川べりのほうに目を移す。

「──妬いてくれたらいいな、って、俺が思ったんだ」

どう反応したらいいのか、ぼくはなにもいえずに固まってしまった。

とまどっているぼくを見ても、高東はからかったように笑ったりはしなかった。ただ少し困った表情を見せてから、何事もなかったように立ち上がり、みんなが遊んでいる川べりに向かって歩いていった。

その夕方、ぼくは上流のほうまで散策しにいって、濡《ぬ》れた岩で足をすべらせ、捻挫《ねんざ》してしまった。

「──痛……」

最初、後輩が手当てをしてくれたのだが、お世辞にも手つきが器用とはいえなかった。自分で包帯を巻いたほうが綺麗なのではないかと思ったが、もちろんそんなことはいえるわけもない。

手当ての途中で、テントのなかに高東が入ってきた。

「それは俺がやるよ。外で食事の用意手伝ってきて。もう始まってるから」

指示されて、後輩は「はい」と素直に出ていった。代わりに高東がぼくの前に腰を下ろす。テントのなかはふたりきりだった。

先ほど妙なやりとりをしたおかげで、ぼくは気まずくて高東の顔が見られなかった。高東もいつになく静かな様子で、黙ったまま巻きかけの包帯に手を伸ばす。どうやら彼の目から見ても雑に映ったらしく、いったん包帯を全部外してしまった。

むき出しになった足首を、ゆっくりとなでる。

「痛いのはここだけ？　ほかは？」

「たぶん……大丈夫」

「転んだんだろ？　──膝《ひざ》までめくるから」

高東はぼくのズボンをゆっくりとあげていく。脛《すね》をなであげられるようにふれられた瞬間に、ぼくはみっともなくびくんと震えた。

「痛い？」

心配そうな目を向けられて、あわてて首を振る。目許が熱くなって、視線をうつむかせるしかなかった。

「……やっぱり上のほうも、擦り傷になってる」

膝から下あたりにかけての傷に消毒のスプレーがかけられる。思う存分表情をゆがめることができるのはありがたかった。変に顔が火照ってるのも、薬がしみるせいにできるから。

「……んっ」

「――痛い？　平気？」

高東は子どもを諭すようなやさしい口調で問いながら、軟膏《なんこう》をうすく傷に塗り込めるようにして足をさする。

「……い、痛くないけど……」

先ほどの後輩は扱いが乱暴すぎたけれども、高東は丁寧すぎた。あまりにもゆっくりとなでるようにさわられていると、かえって気恥ずかしい。だが、せっかく手当てしてもらっているのに、やはり文句はいえない。

「ここらへんも痛い？」

足首を少し強く押されて、ぼくは「あっ」と呻《うめ》く。

「や……いた」

「──ごめん」

痛がっているのが気になるのか、高東はぼくの表情を怖いくらいに凝視する。「ここは平気？」とやさしく問われているだけなのに、目が合うのが恥ずかしくなって、ぼくは再びうつむく。逃げようとしても、視線はどこまでも追ってきた。

高東はしばらく無言のまま、ぼくの足をなでたり、さすったりをくりかえした。捻挫してないほうの足までさわる。痛む箇所を確認しているとはいえ、あまりにも執拗《しつよう》なさわりかたに、さすがに「早く湿布してくれ」と訴えた。

「真野は、くすぐったがり屋？」

高東の口許がかすかに笑った。

「──小指の爪、ちっちゃくてつぶれてるんだな」

いきなり足指をさするようになでられて、飛び上がりそうになるほどびっくりした。

「やっ……よせって……」

高東はおかしそうに笑うと、ようやくぼくの足首に湿布をあてた。器用に包帯を巻いていく。

手当てしてもらっている最中、ぼくは高東の顔をまともに見られなかった。後輩のときは汚い足で申し訳ないと思うくらいだったのに、高東に対しては足をさわられているだけで心

臓がどうにかなりそうだった。親しさでは高東のほうがよっぽど上なのに、後輩にさわられるほうがマシだと感じるのはどうしてなのか。

さらにそんな困惑を見透かされている気がしてならなかった。彼がゆっくりと手当てをしているのは、ひょっとして嫌がらせではないか。

「真野。終わったけど」

呼びかけられて、ぼくはようやく高東の顔を見たけれども、恥ずかしさが消えたわけではなかった。「ありがと」と小声で礼だけはいう。

「痛かった？　平気？」

「……少し……痛かった」

ぼくが恨みがましい気持ちで睨みつけると、高東は小さく笑った。

「真野がいつになくか細い声だすから——俺もまいったな」

高東が薬をしまったりして後始末をしているあいだ、ぼくは再びうつむくしかなかった。あとからじわじわ痛みがひどくなる打ち身のように、わけのわからない熱が頬を火照らせる。

「これでひどくならないといいけどな」

最後に、包帯を巻いた足を軽くなでられて、びくんと震えてしまった。まるで電流が走ったみたいに。

ぼくの妙な反応に気づいたのか、高東はぼくの足に手をおいたまましばらく動かなかった。

表情に変化はなかったが、その視線は包帯の辺りに不自然なほどじっと注がれていた。

「――……真野……」

ぼそりとした呟きがよく聞こえなくて、ぼくは「え？」と聞き返した。

高東はどこかぼんやりとした表情でぼくを見つめると、ふいにからだを寄せてきて、腕を伸ばす。内緒話でもされるのかと思ってじっとしていたら、いきなりぶつかるように唇を重ねられた。

あまりにも唐突で、一瞬、なにが起こったのかわからなかった。

「――真野……」

髪をそっとなでられながら、頭ごと引き寄せられる。耳もとに押し付けられる唇。

ぼくは目を瞠ったまま、からだが硬直してしまって動けなかった。なにかいおうにも、喉の奥がはりついたようになっていて、声にならない。

何度も耳もとに「真野……真野」とかすれた声が吐息とともに吹き込まれる。ひっ……と言葉にならないまま、ぼくは口から息を洩《も》らす。

高東はぼくが怯《おび》えていると思ったのか、「大丈夫」と髪をくりかえし梳《す》くようになでる。

「ごめん……突然」

高東自身も、いきなり行動を起こしてしまったことにとまどっている様子だった。耳もとから唇を離すと、ぼくと目が合うのを避けるように視線を落とす。

「——好きなんだ」

苦しげに押し出された一言を聞いて、本来ならばパニックになってもいいはずなのに、一気に全身のこわばりがとけた。

その一言があれば——ぼくのなかでもやもやとしていたものが、はっきりとしたかたちをとれるように思えたから。

「……真野」

告げられた一瞬はほっとしたのに、高東に目線をあげて見つめられたら、じわじわと先ほどふれられた耳もとが熱くなってきた。

その熱は、全身に伝染する。

高東の顔を見ていられる状態ではなくなって、ぼくは捻挫してないほうの膝をたてて、顔をうずめた。おもしろいくらいに真っ赤になっているに違いなかった。

熱の根源である耳もとに、高東の指さきがふれる。

びくんと肩を揺らしながら目線をあげると、高東の顔がゆっくりと近づいてきた。

ぼくの頭を両手でつつみこむようにして、額にちゅっと唇をつける。ますますからだが燃えそうに熱くなった。

「あ……」

高東はぼくの額の髪を鼻先でかきわけるようにして、何度もキスをする。目が合うと、ほんの少し悪戯っぽい表情をのぞかせて笑う。

なにするんだよ。そう怒鳴りつけたいところなのに、ぼくはなにも声がでない。高東は唇をいったん額から離したあと、再び至近距離からぼくの顔を見つめた。ほっそりとした指さきでぼくの頬をなでながら、今度は唇にキスをしてくる。

やさしく唇を吸っては離して、ぼくの目をじっと覗き込む。そして、またゆっくりと唇を食《は》む。キスしている相手がぼくなのだとあらためて確認しているようでもあった。

「真野……」

低い声で囁かれて、お菓子を食べたみたいに口のなかが甘ったるくなる。

高東は何度も懲りずに顔を近づけてくる。混乱しているのはたしかなのに、頭の芯が痺れて、やはりなにもいえない。何度か顔をそむけて逃げようとしたけれども、そのたびに高東はぼくの頰を押さえ込んでキスをする。

決して強引にされているわけではないのに、抗《あらが》うことができなかった。不思議な磁力が働いているみたいに、顔を向き合わせれば唇が自然と吸いつく。

どのくらいそうやってキスをくりかえしていたのかわからなかった。テントの外から、みんなが夕飯の準備をしながらがやがや話している声がひっきりなしに聞こえてくる。

その話し声や足音が近づいてくるたび、ぼくは誰かがいきなりテントに入ってくるのではないかとびくびくした。それでも高東を突き飛ばすことができない。

外の気配を察して、ぼくが怯えて肩を揺らすたびに、高東はなだめるように背中をなでて、「大丈夫だから」と囁く。そしてさらに唇を強く吸った。

どうしてこんなことをしているのか。そもそも、ぼくはなんで声を上げようとしないのか。

唇を離したとき、高東の息がかすかに乱れていた。荒くなる呼吸を必死におさえようとしている吐息さえ甘く響く。

次に唇を合わせられたときに、その濡れた舌先が唇を割って入ってきたことに驚いた。

ぬるりとした感触に、ぼくは目を瞠って、あわてて自分を押さえつける高東の腕をひきはがそうとした。

高東はびくともせずに、ぼくの唇のなかを舌でかき回す。ハア……という荒い息遣いが溶け込んできて、脳髄まで染み込んだ。

「——ちょ……調子にのるなっ」

やっとのことで叫んで、ぼくは渾身《こんしん》の力を振り絞って高東を押しのけた。高東は驚いたようにまばたきをくりかえしてぼくを見る。

「いまのは駄目なの？」

「全部駄目だっ」

わけのわからないまま、ぼくは反射的にいいかえした。高東がおかしそうに声をたてて笑いだす。

先ほどまで漂っていた甘ったるい空気が一気に吹き飛んだ。

「高東さーん、ちょっときてくださいよー」

ちょうどテントの外から呼ぶ声が聞こえてきて、高東は仕方ないなというふうに肩をすくめてぼくから離れた。ぼくはすぐさまそっぽを向く。

「真野」

呼ばれて仕方なく振り返ると、再び高東の顔が近くにきていたことに息を呑《の》む。声をあげるひまもなかった。高東は慎重なしぐさでぼくの頭をそっと手でひきよせると、額に軽く唇を押し当てた。

「——好きなんだ」

もう一度、わかってくれ、とぼくに確認させるように呟く。その体勢のまましばらくじっとしていた。ぼくもまた身じろぎひとつできなかった。心臓だけがべつの生き物みたいにドクドクと動いている。

「高東さーん。真野さん、どうなんですか？　まだ終わりません？」

再び外から呼ぶ声が聞こえてきて、高東は「いま行くから」と答えて立ち上がった。「じゃあ」と名残惜しそうにぼくを見る。

高東がテントを出ていってから、ぼくはあらためて心臓の動悸が激しくなって、全身が火を噴きだしそうなくらい熱くなった。手足を動かそうとしても、震えて力が入らない。足の捻挫がなくても、たぶん腰が抜けてしまって立てなかった。

キャンプから帰ってくるまでは、そのことを意識しないですんだ。

みんなの目もあったし、高東もテントのなかでキスしたことについてはなにもふれてこなかったから。

「じゃあ、またね」

一泊して、翌日の昼前にキャンプ場を出てから近場のビューポイントをいろいろと巡って、結局帰り着いたのは夜の八時すぎだった。サークルの仲間が運転する車からアパートの前で降ろされて、ぼくと高東は「じゃあ」と手を振りかえす。

車が走り去って、ぼくたちだけが残された。捻挫をしているので、アパートの階段をのぼるにも高東の手を借りないわけにはいかない。

ぼくは高東に支えられながら二階にあがった。荷物ももってもらっているので、当然のことながら部屋にも一緒に入ってくる。

部屋のなかは昼間の熱気が残っているようで蒸していた。それでもようやく我が家に帰ってきたという感じで、ぼくは畳の上にどっと座り込んだ。

「──疲れた？」

高東も荷物を置くと、ぼくのそばに腰を下ろした。

「うん……さすがに……」

髪の毛をかきあげながら、ぼくはリモコンでエアコンのスイッチを入れた。そよそよと冷たい風が流れてくる。

高東がテントのなかでの行為について、おそらくなにかいってくれるのだろうと思っていた。ぼくからたずねてもいいけれども、彼が口を開いてくれるのを待っているつもりで黙っていた。

目の前にいる高東は、なにやらタイミングをはかっているような顔つきでぼくを見ている。

「真野」

ようやく呼ばれて、ぼくは「なに？」と話を聞くつもりで高東の顔を見る。

言葉はなかった。

高東はいきなりぼくの背中に腕を回すと、抱き寄せて、唇を合わせる。

「んっ……」

まるでふたりきりになるのを待っていたとばかりに、ぼくの背中をなで、髪をかきあげながら、キスをくりかえす。

ひとしきりキスすると満足したように唇を離して、今度は額や頬にちゅっと軽い接触をくりかえす。

ぼくはすっかり固まってしまい、動けないままだった。どうしていきなりこんなことになるのか理解できない。

「ちょ……ちょっと、やめ……」

ぼくがやっとのことで声をあげると、高東は抗議を受け入れたように動きを止めて、ぼくの耳もとに堪《こら》えるような吐息を吹きかける。

「真野……」

背筋がぞくぞくとするような感触に、ぼくは震えた。

「おまえ——なんかいうことないの？　話とか……あるだろ？」

「話って？」

高東はぼんやりした声で問い返す。

「……あるだろ？　なんでいきなりこんなことするんだよ」

本気でわけがわかっていないようだった。高東はびっくりしたようにぼくを見つめてから、

「ああ……」というように笑いでゆるんだ口許を押さえた。

「好きだっていった」

「……いったけど——どういうことなのか、よくわからないだろ。もっとちゃんと説明してくれなきゃ」

「俺は真野が好きなんだよ」

からかわれているかと思って憤慨しかけたけれども、高東の表情には揶揄《やゆ》する様子など微塵《みじん》もなかった。

ぼくをまっすぐに見つめて、ふいに視線を落とす。

「好きなんだ、俺は真野がほんとに――もう少し、伝えるのは待つつもりだったんだけど」

声にはわずかなためらいが滲《にじ》んでいた。もしかしたら、衝動的にふれてしまったものの、実際はもう少し時間が必要だと考えているのかもしれなかった。

「高校のときから……なんでかな。そんなつもりじゃなかったんだけど、好きになったんだ。だから――真野にも、応えてもらえたらうれしい」

話してほしいと要求したくせに、実際にストレートに告げられてしまうと返答に詰まった。

「……応えるも、なにも、いきなり……さっきみたいなことされて……」

べつにいやではなかったけれども、突然キスされたことには一応抗議しておきたかった。

「ごめん。せっかちだった。ずっと我慢してたのにな。ちょっともう……たまらなくなって抑えられなかった」

高東が話してくれればくれるほど、ぼくは無口になるしかなかった。

いいたいことは山ほどあるのに、言葉になって口からでていかない。内側で熱だけがふくらんでいく。

「……友達だろ？　俺たち――男同士だし……」

「そうだけど――でも、俺は、真野にキスしたいし、抱きしめたい」

きっぱりといわれると、自分のなかで引っかかっていたものがあっけないほどたやすく溶けてなくなっていく。

男同士だし、友達だけど――それ以上の意味で好きになっても悪いことではないのかもしれない。でも……。

ふいに栗田の顔が思い浮かんだ。

三人で仲良しだったのに、ぼくたちふたりがそういうことになったら、どうなるんだろう。

高東が『待つつもりだった』といったのは……。

「――応えてくれる？」

なんの問題もないと自らにいいきかせつつも、ぼくは頷くのをためらった。

高東はぼくの躊躇《ちゅうちょ》の原因を察したのか、小さくためいきをついた。

「高校のとき、栗田が真野のことを好きなんだと思ってた。友達が好きな相手なんだから駄目だって思いつつも、俺もいつのまにか真野をそういう目で見てて――でも、もし栗田が告白するなら、なにもいわずにあきらめるつもりでいたんだ。だけど、卒業してもう一年以上たつ。俺も、そろそろ正直に気持ちをだしていいのかなって……」

いまならわかる――高東が卒業旅行にいこうと誘っても、「ふたりでいってこい」といってついてこなかった理由。花火大会のときにぼくと栗田をふたりきりにした理由。

(後悔しないようにって伝えてくれ)

(後悔なんかしない)

栗田はぼくになにもいわなかった。そもそも彼がほんとうにぼくを特別な意味で好きでいたのかどうかもわからないのだ。

子どもじみた友達への独占欲にすぎないのかもしれない——ぼくだってそういうものは栗田に対して抱いたことがあった。

「少し……待ってくれないか」

栗田と話をしなければならないと思った。最初からきちんと話をすればよかったのだ。話してみれば、「なんだ」と笑いとばされることかもしれない。「俺は気を回すなって、最初からいってただろ」と——。

高東は残念そうな顔をしたものの、決して急《せ》かしはしなかった。ためらう理由は、お互いによくわかっていたからだろう。

いますぐにそれに向き合う覚悟はなくても、少し先なら可能に思える。だからそれまで待ってほしい。期限はとくに決めていなかった。

だって、まだまだこれから……いくらだって時間はあるんだから。

「いいよ。俺も、栗田と話をしなきゃいけないと思ってたから。最近、連絡とってないけど、このまま疎遠になるのもいやだし……」

やはり高東も同じことを考えていたらしい。ぼくが時間が欲しいのもそのためだった。高東は少し肩の力が抜けた様子で、はにかんだ笑いを見せた。ぼくも笑ったが、相手の目が見られなかった。

ひそかにからだじゅうの血が熱くなる。いままで気づいてはいけないと思っていた。気づいてしまったら、三人の輪が壊れてしまうと思っていたから。

だけど、この瞬間、一気に自覚した。ぼくは高東が好きなのだ。

いま、目の前にいる男が——ぼくは、ずっと好きだったのだ。

苦手なのに、ひそかに見つめずにはいられなかった。写真に撮るようにその姿を記憶のなかに静かに溜《た》め込み続けた。頭のなかに意味もなく流れる記憶の映像のひとつひとつが、答えを導きだす。

まるでぼくの頭のなかの「好き」という感情を読んだみたいに、高東がぼくの頬をなでて、そっと唇を寄せてくる。

やさしくついばむキスには応えたけれども、深く唇を重ねられたときには眉をひそめた。

「——ちょっと……それはやだって……」

「どうして？」

納得がいかないように、高東はぼくの唇を割って舌を入れ、濡れた音をたてる。

「少し……待ってくれっていったじゃないか」

「返事は待つけど……キスはいいだろ？」

「返事してないのに、キスするっておかしいじゃないか」

「じゃあ——抱きしめるだけ」

高東は渋々譲歩するといったふうにぼくの背中にそっと腕を回して抱きしめてくる。

たしかに「抱きしめるだけ」だったが、耳もとに唇を寄せられるので、どうにも落ち着かない。

吐息を吹きかけられるたびに、ぞくぞくとする。

「……ちょっと、おいっ……」

「——このぐらいいいだろ。真野が捻挫しててよかった」

「おまえ……ひとが逃げられないからって……」

高東はふいに顔を離して、至近距離からぼくを見つめた。

「違うよ。真野が捻挫してるから、さすがに俺もこれ以上無茶する気にはならないから、よかったって意味。……ほんとはこんなふうにくっついてたら我慢できなくて、とっくに襲ってる」

わかりやすく頬が真っ赤になるのを感じながら、ぼくはしどろもどろにいいかえした。

「だって……そんな——いままでだって、ずっと一緒にいたのに」

ぼくが怯えていると思ったのか、高東はおかしそうに噴きだして、なだめるように耳もとに軽くキスをする。

「なにもしないから……大丈夫。いままでだって、なにもしなかったろ？」

以前、高東が女の子を抱くときにはどういうふうなんだろうと想像して、下腹を熱くしたこともあった。いろいろ考えてはみたものの、まさかこんなふうに甘ったるいキスをするとは思わなかった。

キスは約束違反だと睨みつけたものの、高東はこたえた様子もなくぼくのからだに腕を回して再び抱きしめてきた。

「真野は知らないんだろ――俺がどんなに…………」

その先は聞こえてこなかったが、充分に伝わってきた。

高東がどんなにぼくのことを想っていてくれたのか。どんなに栗田のことを気にしていたのか。

――馬鹿みたいに律儀なんだな……。

でもそんな高東だからこそ、最初はあれほど相性が悪いと思っていたのに、友達として親しくなれたし……好きになった。

ぼくはおそるおそる自分からも腕を回して、高東の背中をなでた。

「あのさ……このあいだ栗田に電話をしたら、引っ越すような話をしてたんだ。忙しいっていってたけど、『会おう』っていったら、時間をつくるよっていってた」

高東はぼくの首すじに鼻先をこすりつけて、「そうか」と呟いた。ぼくの顔を覗き込んだ彼は、いままではりつめていたものがとけたような、やすらかな表情をしていた。

男同士で、なによりも友達で……。

行き場がないと思っていた感情にたどりつく先があるとわかって、ぼくはとりあえず高東がふれてくる腕の体温につつまれながら力が抜けてしまった。……このままなにも考えたくない。

その晩は高東が自分の部屋に帰るまで、ぼくたちは抱きあったままでいた。

結局、夏休み中は栗田に会うことができなかった。だが、ぼくはそれほど約束を急かす気にもなれなかった。

栗田からは、「なかなか都合がつかなくてごめん」と電話がきた。

『なんかこのあいだ、高東からも久々に電話がきて、驚いたよ。あいつも、「俺に会いたい」とかいうから』

どうやら高東も栗田に連絡をとったらしかった。

『引っ越したから、新しい住所も知らせなきゃいけないな。メールで送るから』

「引っ越したって……あのアパート、居心地悪かったのか？」

『いや、そんなことないんだけど……実は、ちょっと友達と住むことになってさ』

どんな友達なのか、栗田が説明しなかったことに少しだけ引っかかるものを感じた。

『そうだ、真野にメール送るっていってたんだよな。……真野はいつもマメに書いて送ってくれるから、俺もちゃんと真面目に返事を書きかけたんだけどさ』

「なんだよ、早くくれよ。……っていっても、こうして電話くれたら、べつにいいんだけどさ」

『いや、ちょっと電話でいえないこととか。いろいろあったし。会って話そうと思ってたんだけど、なかなか都合つかないし、そのうちにしっかりと思いのたけを綴《つづ》って送るから』

なにやら意味深に聞こえなくもなかった。

「じゃあ……楽しみにしてるよ。おまえ、昔からメール返してきても、いつも二、三行だもんな」

『おう。楽しみに』

以前はひょっとしたら、栗田に避けられているのではないかと思ったが、いまはただ単純にいそがしくて都合がつかないという雰囲気だった。

後日、メールはきたが、住所だけを知らせる簡素なものだった。どこにも思いのたけを綴る文章などついていなかった。

やがて秋も深まり、涼しげな風が吹くようになった。

ぼくと高東は相変わらずだった。時々、ふいうちで甘ったるいムードになることはあっても、以前と同じで気のおけない友達の関係が続いていた。

いきなり友達からそれ以上の関係を求められても、なかなか対応できないものだ。心ではそうなるつもりでいても、照れくさくてうまくいかない。親しい時期が長ければいいものではないことを実感した。

それでもいつかはすべてがうまくいくと思っていた。時間をかけていけばいい。なにも焦る必要はない——と。

そんなふうにゆっくりと穏やかに進む時間のなかに、落とし穴があることも知らずに。

秋が過ぎる頃になっても、『楽しみに』といっていた栗田からのメールはこなかった。書く気がなくなったのだろうと判断して、ぼくから急かすことはなかった。十一月の初めにかかってきた電話では、結局会うのは正月の帰省になるだろうという話になっていた。

栗田が交通事故にあって亡くなったという訃報が届いたのは、それから一か月もたたない十一月の末だった。

11

その晩はサークルの面子で飲んでいた。アパートの部屋に戻ったのは明け方近かった。高東とふたりで手分けして、それぞれ部屋が遠い友人をふたりずつ泊めることになっていた。いい気分で酔っ払って帰ってきて、みんなして雑魚寝した。酒量が多かったせいか、深い眠りの底に沈んだ。

目覚めたのは、テーブルにだしていた携帯の着信音のせいだった。これほど朝早くにいったい誰だ、と思ったけれども、実際は昼を過ぎていた。連れ帰った友達のうち、ひとりの姿はすでになく、「バイトに行く」という走り書きのメモが残されていた。もうひとりはいびきをかいて眠りこけている。

電話は高校のときのクラスメイトからだった。栗田と同じ大学に行ったやつで、それほど頻繁に連絡をとっている仲ではなかった。なんだろう、いまごろ——とそのとき、すっと心に予感めいた翳《かげ》が差した。

『真野か？　なあ、落ち着いて聞けよ。今、俺、あちこちに連絡してるとこなんだけど……おまえ、仲良かったよな、栗田と』

酒が残っていたせいもあって、慌てたようなしゃべり声を聞いているうちに頭が痛くなった。ぼくは「ああ」とかったるい声をだしながら、くしゃくしゃになっている髪をかきあげる。

『栗田、亡くなったんだ。昨日……交通事故に遭ったって』

こめかみから痛みがすっと消えていった。まるですべての神経が麻痺してしまったかのように。

嘘だろ……？

そういったつもりだったが、声にはならなかった。

『俺、これからまだほかのやつにも連絡しなきゃいけないから。お前も思いつくやつに連絡してくれ』

相手のあわただしい声に、ぼくはやっとのことで「ああ」とだけ答えた。気がついたときには、電話は切れていた。

ほかのやつにも電話……と思ったけれども、携帯を握る手に力が入らなかった。立ち上がろうとした途端に、頭がガンガンと痛みだして、二日酔いの吐き気が襲ってきた。

ぼくはトイレにかけこんで吐いた。すっきりしたけれども、からだの震えが止まらなかった。

部屋に戻って、信じられない思いで携帯を見つめる。畳の上に寝転がっていた友達が、

「どうした……？」と目を開いた。

そのとき、玄関のチャイムが鳴って、ドアを叩く音が聞こえてきた。「真野」と呼ぶ声は高東だった。たぶん彼にもいま誰かから連絡が入ったに違いなかった。

——では、ほんとうなのか。

先ほどの報せは、ぼくが二日酔いで夢でも見ているわけではなくて、ほんとうのことなのか。みんなでグルになって、ぼくをだまそうとしているのではないか。

栗田が死んだって？

だって、まさか、そんなことが……。

認めてしまうのが怖くて、ぼくは激しく叩かれるドアを見つめたまましばらく動けなかった。


それまで祖父などの親戚の葬式に参列したことはあったけれども、これほど同年代の若い連中がたくさん集まっている葬式は初めてだった。

不自然だと思った。これほど喪服を着るのが似合わない年代が多く参列している葬式というのは、ぎこちなさとともにやりきれなさが漂っている。もちろん、亡くなってしまったことにあきらめのつく年齢などあるわけがない。それでも、この独特の空気は、この年齢で死ぬのはいかにも不自然なことなのだと物語っているように思えた。

……おかしいじゃないか、こんなの。

最期のお別れをするときにも、ぼくの頭にはそんな考えしか浮かんでこなかった。哀しみよりも、理不尽さを強く覚えた。怒らなければいけないような気がした。

栗田は深夜コンビニに買い物に行く途中、信号無視のトラックに轢《ひ》かれた。

……おかしいじゃないか。こんなことで、おまえが死ぬなんて。

出棺のときにも、ぼくは見えないなにかに対して腹を立てていた。棺のなかで眠る栗田の肩を揺さぶって、「こんなことで死ぬな」と怒鳴りつけてやりたかった。死んだことがまだ信じられなかった。

周りのひとがすすり泣いているのを見て、ぼくは初めていまは憤るべきではなく、哀しむべきときなのだと知った。でも、認めたくなかった。

葬式が終わると、高東の実家のマンションの部屋で井上や八代《やしろ》など高校のときに親しかった数人と飲んだ。誰もが「信じられない」と口にした。栗田と最近会っているものが少なかったから、よけいにそう感じたのかもしれない。

大勢で思い出話をしているときは、憤りもなにもかも、マイナスの感情は遠いところに追いやられていた。ただ、なつかしく昔の思い出を話す。笑い声さえわいて、まるで姿の見えない栗田を囲んで話をしているようだった。いまにも栗田が「遅れて悪い」と顔をだしそうに思えた。

やがて夜も更けて、明日の予定があるからとひとり抜け、ふたり抜けて、最後にはぼくと高東だけになった。

高東は誰よりも冷静に見えたけれども、飲んでいる最中から口数が少なかった。ひとの話を聞きながら相槌を打ち、時折、遠い目をしていた。

「……大丈夫か?」

後片付けをはじめながらぼくがたずねると、高東は「大丈夫だよ」と笑った。キッチンで食器を洗おうとしたが、「いいよ。置いたままにしておいて」といわれたので、ゴミだけを片付けた。

高東はソファに再び座り込んで、物思いにふけるような顔をした。

「……信じられないな」

呟きに呼応して、ぼくは頷いた。高東はなにもない宙の一点を凝視したまままくりかえした。

「俺は、まだ信じられない」

額を押さえてうつむく。ぼくも鸚鵡《おうむ》のように同じ言葉をくりかえしたい心境だった。

「……結局、卒業してから、俺はあいつと数えるほどしか会ってないんだよな」

「俺もだよ」

「真野は、ずっとメールとかしてたんだろう？　俺は……たまに電話しただけだな。離れれば、そんなもんかもしれないけど」

高東は目頭を押さえるようにしたまま、口許に笑いを浮かべた。

「話したいことがあるっていったのに……そのままになったな。そのうちに会おうって……あいつ、高校のころとまったく変わらない声だしてたのに……」

そこで言葉を詰まらせて、高東は黙り込んだ。

うつむく高東の横顔を見ているうちに、先ほどまでは遠いところに去っていた憤りが、再びぼくのなかに戻ってきた。

会って——話をしたかった。

こんなはずじゃなかった。栗田、おまえに会って、いろいろと話をしたかったんだ。おまえがなにを考えているのか知りたかった。

いつだって話せると思ってたんだ。その気になれば、すぐに昔のように話せると思っていた。だから、ずっと先送りにしていた。

いま話せないのなら、あとでもいい。そんなふうに思って——。

こんなはずじゃなかった。こんなふうに終わりになるはずじゃなかった……。

「俺……」

胸のなかをぐるぐると回っていた言葉が口からあふれてしまいそうになった。なにかをしやべったら、ただの嗚咽《おえつ》になってしまいそうでこらえた。

「……ひとりにしてくれないか」

ふいに高東が呟いた。

その乾いた声音に、ぼくはハッとした。ぼくが動かないのを見て、高東はぎこちなくうっすらと微笑《ほほえ》んだ。

「悪い。真野――ひとりにしてくれ」

懇願するような声だった。

「……大丈夫か？」

「ああ」

高東は頷きながら立ち上がってキッチンに向かうと、洗いものをはじめた。その横顔は幽鬼のようだった。

彼も限界に近いのだと思った。ひとりにしてほしいと頼まれているのだから、ぼくは黙って立ち去るしかなかった。なにかいったら、ぼくもこのまま崩れ落ちてしまう。

リビングを出たものの、すぐには帰る気にならずに玄関のところでしばらくひとりで佇んだ。

憤りも後悔もなにもかもがむなしくなった。どんなに「嘘だ」と叫んでも、「会って話をしたかった」と訴えても、それはかなわぬことだった。栗田はいないのだから。

もういない——そのことが実感として胸に迫ってきた途端、目の奥からぶわっと熱いものがあふれてきた。

ぼくは玄関のマットに膝をついて、そのまま動けなくなった。栗田は死んでしまったのだと——揺るぎのない事実と対峙《たいじ》するのはつらかった。どうして死んでしまったのかと、やりきれない悔しさに唇を噛んで、事故を起こした相手や、抗いがたい運命とやらに怒りをぶつけるほうがまだ楽だった。

からだに力が入らない。

このまま動けなくなるのではないかと思った瞬間、キッチンのほうからガシャンとものすごい音が聞こえてきた。深夜、静まり返った室内で、その音は不気味に鋭く響いた。

ぼくはあわててキッチンに駆け込んだ。煌々《こうこう》と灯りがついているなか、洗いものの途中だったのか、泡のついたグラスが床に叩きつけられて粉々になっていた。いくつもいくつも……。

そして高東は——その場でうずくまっていた。

「高東？」

ぼくは高東のからだを揺さぶって、顔を上げさせた。高東はとくに抵抗する様子もなく、されるままになっていた。ぼくを見上げた頬が涙で濡れて光っていた。

高東は「大丈夫だよ」と小さく呟くと、そのままからだを起こして、ふらふらとリビング

へと歩きだした。

ぼくが支えようとすると、背中に腕が回される。ふたりしてソファにかさなりあうように倒れ込んだ。まるですがりつかれているようで、ぼくは受け止めるしかなかった。

高東はぼくのからだを強く押さえ込み、唇を押しつけてきた。

貪《むさぼ》るようなキス。息を荒くして、高東はぼくの唇を何度も激しく吸った。まるで熱い獣にのしかかられているようだった。

ひとしきり唇を吸うと、突如として嵐が去ったかのように、高東はやけに穏やかな表情でぼくを見つめた。やさしくて、うつろな目。やがてうつむくと、ぼくの肩に顔を埋《うず》めて動かなくなる。

「……栗田は真野のことが好きだったんだ」

高東はぽつりと呟いた。以前にも同じことをいっていた。いまさらなのに、栗田が亡くなってしまったいまでは、それは血を吐くような呻きにも聞こえた。

「高校のとき、あいつはおまえを好きだったんだよ。もしかしたら――じゃない。確実に好きだったんだ。言葉にしなくても、見てればわかる。俺は知ってた……」

高東は顔を上げると、泣き笑いのような表情を見せて、再びぼくの肩に額をぶつけるように押しつける。

「知ってたんだ……！　なのに、俺は……」

心が破けてしまって、いろいろなものが涙や言葉になって、高東から流れ落ちてしまっているる気がした。それは正常な感情の発露ではない。なんとか食い止めないと、このまま彼がおかしくなってしまうのではないかと心配になった。

事実をたしかめてみたくても、栗田はもういない。だからこそ、どうしようもないのだと——ぼくは、いまこうして苦しんでいる高東をなぐさめる言葉をもたないのだと知った。

「……そんなに……自分を責めることない。おまえは——なにも悪いことしてないじゃないか……」

高東は「いや」と首を振った。

「……俺はひどい——」

栗田の死にショックを受けているのはぼくも同じだが、高東のほうがもっと傷が深かった。どうしてそんなに……。

ぼくは高東の頭をそっとなでてやった。高東はしばらく動かなかった。眠ってしまったのかと思った矢先、耳もとにたずねてくる声があった。

「このままでいてもいいか」

ぼくは頷いた。高東はぼくに体重がかからないように脇にからだをずらして、横からゆるく抱きしめるようにした。

「このままでいさせてくれ……」

「——いいよ」

伝わってくるぬくもりから、声にならない悲鳴がいつまでも聞こえてくるような気がした。ぼく自身の叫びも高東に聞こえているだろうと思った。

哀しみでひとの心がつぶれてしまうことはあるのだろうか。もしも心がつぶれてしまったら……そのあとにはなにが残るのだろうか。

12

友人を亡くしたからといって、日常の流れがそれに合わせてくれるはずもなかった。とりあえず整理のつかない感情は箱に封じ込めるようにして、日々の生活を送るしかない。

「迷惑かけて、ごめんな」

葬儀の翌日、高東はそんなふうに前夜のことを謝った。もちろんまだ吹っ切れはしないようだったが、一応の区切りはつけたような顔を見せた。

——嘘をついてる。

前夜、ぼくの前で高東は崩れ落ちたけれども、彼はもう二度とそんな姿を見せる気はないのだと悟った。

目の前でゆるやかな拒絶のシャッターがおろされていくようだった。かなしみを内側に抱え込まれてしまっては、こちらからはなにも見えない。

このままでは、ある日ふっと目覚めたら、高東が隣の部屋から消えてしまうのではないか
——そんな不安を覚えた。

「……高東……栗田は、おまえを責めることはないよ」

考えもなしに口にだした言葉だが、おそらくそのとおりに違いなかった。

いくらそれが頭ではわかっていても、感情ではどうしようもないことがある。こだわっているのは、もしかしたら自分だけ。それでも気にせずにはいられない。

高東もよく理解しているようだった。

「わかってるよ。あいつはそんなやつじゃないって……俺がよく知ってる」

誰にも責められないからこそ、彼は自分を責めるのかもしれなかった。

小学校の頃にいったん引っ越して、高校で再会してからまた仲良くなったのだから、栗田とのあいだにはぼくの知らない思い出もたくさんあるのだろう。

それは高東と栗田のふたりだけの関係で、ほかの人間が知りもしないのに、「考えすぎるな」と気軽にいってやれる類《たぐい》のものではなかった。

「ごめんな。俺ばっかりみっともないところ見せて——真野は平気？」

「平気じゃないけど……おまえのほうが心配」

高東はうつろな目を見せたまま笑った。「ほんとにごめんな」とくりかえし謝る声には力がなかった。

ぼくはぼくで、高東の前では見せることはできなかったけれども栗田をなくしてしまった喪失感は大きかった。なにか言葉をかければ、ぼくのなかの不安定な部分が高東に通じてしまうような気がして多くを語ることができなかった。

それぞれが痛みを封じ込めて日々を過ごすうちに、やがてその年も終わりに近づいた。ぼくと高東のあいだは、なにが変わるわけでもなかった。というよりも、一気に後退した。高東はぼくとの関係に仲のいい友人という以外の色を滲ませることはもうなかった。できれば、そんなふうに考えたこと自体を忘れ去りたいようだった。

ぼくとのことを考えれば、どうしても栗田を思い出すだろうから無理もなかった。

高東は表面上は以前と同じだった。ぼくは仲のいい友人——そのポジションは不変。ほかに変わりようがない。変わろうとしていたことなど忘れてしまったかのようだった。

時折、キャンプの時に突然くりかえされたやさしいキスの感触。そしてあの晩、貪るようにふれてきた唇の熱さを思いだすことがあった。

一瞬、一瞬を思い返すたびに、胸がしめつけられたが、それも仕方がなかった。こんなふうに自分のなかに大切に記憶されている映像を意味のないものとして片付けてゆくのは、初めてではない。

高東と最初に出会った頃もそうだった。どうして、いつも彼のことを見ているのだろうと不思議に思った。目のなかにたまり続けていく静止画像の数々。そのまま放りっぱなしにしておいても差し障りがないはずだった。

そう——感情のひとつやふたつを無視して押し殺し続けたとしても、生きてゆくのになんの問題もない。むしろそれを犠牲にしたことのない人間なんていやしないのだ。叶わない思いを抱いたことのない人間がどれほどいる？

　これから先も、高東はぼくとの関係を考えるたびに栗田のことを思いだすだろう。その事実は高東を苦しめるに違いないし、逃げだしたくなるのかもしれない。そして、そのことを責める権利はぼくにはなかった。


「真野、こっちにきて一緒にメシ食べないか」

　いつもと変わらない調子で声をかけられると、胸が痛くなる。だが、以前と違ってしまったら、もっと淋しくなるに違いなかった。

　だから高東はいつもどおりに振る舞うし、ぼくも笑って「いま行く」と応える。

　部屋を訪ねると、以前住んでいた四年生が残していってくれたコタツがすでに出されていた。

　食事のあと、ぼくは早速横になってぬくい布団に肩までつつみこまれた。

「やっぱりいいな、コタツ。俺も買おうかな。部屋が狭くなるから、我慢してたけど」

「やめとけよ。真野はすぐに眠るだろ。ひとりだと、起こしてくれるやつがいないから、風邪ひく」

「眠ってるわけじゃないんだよ。ちょっと横になってるだけだ。意識はあるんだから」

「みんなそういうんだよ」

苦笑する高東を見上げながら、ぼくは「大丈夫だ」と目を閉じた。舌の根も乾かぬうちにすぐに意識がうとうとしはじめた。

「ほら、真野——」

それ見たことか、といいたげな高東の声が聞こえてきたけれども、ぼくは目を開けることができなかった。あたたかさに包まれた眠気はとても心地よくて……。

「風邪ひくって」

突然近づいてきた気配を感じて、ぼくはぱっと目を開ける。高東がぼくの顔を覗き込んでいた。額をこづこうとしていたのか、いままさに手を伸ばしているところだった。

こんなふうにふたりの距離が縮まる瞬間がある。いま、相手に手を伸ばして、ふれて、抱き寄せれば、「好きだよ」といって恋人同士みたいにキスできる空気。

だが、それは一瞬で消え去る。

高東は気まずそうな顔をしてから、ごまかすように笑ってからだを引いた。一気に眠気も消え去った。

「……帰るよ、そろそろ」

気詰まりな空気に耐えかねて、ぼくは立ち上がった。少し苦しそうな横顔を見せたまま黙り込んでいた高東は、「またな」と無理をした笑顔を見せる。

自分の部屋に帰ってくると、からだが半分に引きちぎられるような気持ちに胸が痛くなった。どうしてあのまま一緒にいられないのだろう。ひとりの部屋に帰ってこなくてはならないのだろう。

こんなふうにいつも一緒にいて、たぶん互いに抱いている想いも一緒で、胸にある痛みすら同じなはずなのに、なぜふれあうことができないのか。それがどうしてこんなにつらいのか……。

ぼくと手をとりあって慰めあったら——そのことにさえ、高東は罪悪感を覚えるに違いなかった。

だけど、ぼくはいま無性に彼にふれたかった。


年末に帰省した際、いつも口うるさいはずの両親がやけにやさしかった。

栗田が亡くなったせいだった。友人を亡くして、落ち込んでいる息子をいたわってくれているつもりらしい。いつもはあれこれと用事をいいつけられるのに、ぼくはのんびりとお大尽のように優雅に過ごしていられた。

こたつで寝そべっていると、母親がお茶を入れてくれながらぽつりぽつりと近況をたずねてくる。気丈なはずの母親も栗田の話題をだすときには、しんみりとした顔つきになった。

「裕紀、あんたも夜中にうろうろしちゃ駄目よ。こっちがいくら気をつけてたって、危ないんだから。……栗田さんの奥さんと外で顔合わせると――やりきれないわ」

同い年の息子をもつ身として、わが身のことのように考えているらしかった。成人式が近いことも影響しているのだろう。ぼくがもし同じような目にあったら――と。

いつもはなにをいわれても、「はいはい」と適当に受け流すのだが、このときばかりはぼくも「わかってる」と神妙に答えた。

「ほんとにわかってんの。まったくもう」

素直に答えたのに、母親はぼくの頭をぺちんと叩いた。まったく割りに合わない――と思ったが、文句をいう気にはなれなかった。

こうやって周囲の何気ない気遣いにふれるたびに、かなしみは少しずつ癒えていくのかもしれない。少なくともぼくの場合はそうだった。

いまはまだ正直、両親が栗田の話をしても、黙って聞いているだけで、自分からは積極的にものをいう気にはなれない。

でも、少しずつ凍えていたものが溶けだしていくような感覚はあった。

じゃあ、高東は――？

一緒に地元に帰ってきて、戻る日程も合わせていたものの、こちらにいるあいだに会う約束はしていなかった。高東は「近くにある父親の実家に行く」という話をしていたから、向こうにも予定があるはずだ。

大晦日ぐらいは、お参りに行こうと誘ってみようか……。でも、もしその気があるのだったら、高東から連絡があってもよさそうだった。もしなかったら、父親のうちで過ごしているところを邪魔しても悪いだろう。

当日、夕方になっても、高東からの連絡はなかった。どうしようかと迷いながら、何気なく窓の外を覗くと、目の前の通りをよく見知ったふたりが歩いてくるのが見えた。

直史と奈津子だった。直史はもしかしたら帰省しないといっていたのに、今年は大晦日に帰ってきたらしい。

直史があまり実家に寄り付かなくなったのは、奈津子と別れてからだ。やはり気まずいものがあったのだろう。

久しぶりに見るツーショットに、ぼくは興奮をおさえきれなかった。おそらく駅あたりでばったりと出くわしたのだろう。ほんとに険悪な仲だったら、あいさつをすることもなく、無視するはずだ。なのに、一緒に帰ってきたということは……。

ふたりが笑いながら楽しそうに会話しているのを見て、ぼくはなんらかの期待をせずにはいられなかった。奈津子がいま誰かとつきあっているのかどうかは知らなかった。そして、少なくとも直史はいま誰ともつきあってはいない。サークル仲間の静香さんとも友達のままのはずだ。

奈津子が「じゃあね」と手を挙げながら隣家の門扉のなかに入っていく。直史は少し立ち止まってその姿を見送っていた。

直史がうちの玄関に入ってくるのを待って、ぼくは一階におりた。ぼくを見ると、直史は靴を脱ぎながら「おう」と笑顔を見せた。

ぼくは「いま、なっちゃんと話してただろ」といって反応を見ようとしたが、その台詞を口にすることはできなかった。

「なんだ、元気そうじゃん」

いつも憎らしい兄がその日に限って、とても穏やかな顔をしていた。通りすがりにぼくの頭をくしゃくしゃにまぜっかえしていく。

両親と同じく気を遣ってるのか、なにを話しても、ぼくに対する当たりがやわらかい。そして、ぼくもまた、「兄ちゃん、その態度気持ち悪いよ」とはいえないのだ。

来春から社会人になるからだろうか。直史の横顔はやけに大人っぽく見えた。演劇サークルにうつつを抜かして、バイトばっかりしていると心配されていた兄だが、実際には卒業に必要な単位は取得していて、就職も決まっていた。「やっぱりお兄ちゃんはほっといてもなんとかやるわね」などと母親がいっているのを聞くと、ぼくは肩身が狭い。

奈津子のことは最後まで問いただせないままだった。偶然会って一緒に帰ってきたとしても、それは決して仲が悪くないからではなく、単純にもうなにも感じていないからかもしれないのだ。顔を合わせても、痛みすら遠いものになっているから、平気でいられるのかもしれない。

たんに久しぶりにあった幼なじみとして、気まずさもなく世間話できるような——？ なにもなかった頃の昔の関係に戻れるのだろうか。

そのうちに、ぼくと高東も——？

ドキンドキンと胸が早鐘を打つうちにわけのわからない冷や汗が流れてきて、ぼくはあわてて高東に連絡をした。

「今夜会おう」と告げると、高東は父親の実家にちょうど行くところだったといいながらも「いいよ」と了承した。予定を変更させて悪いことをしたと思ったが、ぼくはどうしても高東と話がしたくてたまらなかった。

待ち合わせ場所は高東のほうから指定してきた。高校三年生のとき、お参りにいった神社だ。

「今日は財布もってるの？」

顔をあわせるなり、高東はからかうようにたずねてきた。

以前、賽銭《さいせん》をだそうとしたら、財布がないことに気づいて青くなったことを思い出す。

たった数年前のことなのに、ひどく昔に思えた。あのときは栗田が代わりに賽銭を放ってくれた。

境内はにぎやかだというのに、ぼくと高東は意識が半ば思い出に引きずられているせいか、黙りがちだった。

(大丈夫だよ、真野)

そのくせしゃべることといえば、栗田と三人で過ごした日々のことなのだ。キャンプに行ったときのこと、花火大会のときにみんなで騒いだこと。

そうやって過去を振り返る内容ならば、いくらでも話すことができた。ぼくも栗田のことを語るのはいやではなかったけれども、少しだけ引っかかるものを感じた。

昔の話ばかりして、いまの話をしない。

こんなことではいけない。ぼくはなにもそんなつもりで高東を呼びだしたのではなかった。直史と奈津子のように、なにもなかったように笑いあう関係にはなりたくなくて――でも、どうしたらそれを避けられるのかがわからなかった。

焦るぼくとは正反対に、高東は落ち着いた表情をしていた。いま目の前にある風景よりも、どこか遠くを見ているような――。

混乱している様子はなく、達観しているといってもよかったが、その視線は近くにあるものを完全に素通りしていた。

ぼくのことも、高東は見ないようにしているのかもしれない。彼が見ているのは、栗田も一緒だったときの風景だけ。あやういバランスを保ちながらも、三人で過ごしていた季節だけ。

「……高東、覚えてる？　おまえ、受験のとき、俺が合格するようにひとりで祈ってくれたよな」

「──覚えてるよ。あのときは、真野が俺に素直に『ありがとう』って御礼をいったから、正直びっくりした」

笑いを含んだ返答にほっとして、ぼくは「どういう意味だよ」と突っ込む。

「真野でも御礼をいうんだって新発見」

「いうよ。俺だって」

「そうだな。でも、知らなかったからさ」

自然に笑いがこぼれた。

高東はなつかしそうに目を細めた。ふと痛みを覚えるように、その口許がゆがむ。

「あの頃は、それだけでよかったんだ。──どうして、そのままでいられなかったのかな。俺は、あの頃に戻りたいよ」

新しい年のはじまりを告げる喧騒のなかで、ぼくたちのあいだにだけ──過去を見つめるための静寂が落ちる。

ぼくは時間を戻すすべなど知らない。だから、高東にかけるべき言葉が見つからなかった。

日差しが明るくなって、春の気配が近づいてきた頃、柏木真帆がぼくの部屋を訪ねてきた。玄関先で外に出ようかと迷ったものの、切羽詰まった彼女の形相を見ると、ファミレスでのんびりとできる話でもなさそうだと判断した。

「どうぞ」と部屋にあがるように示すと、柏木は一瞬とまどった顔を見せた。高東の部屋には平気で上がり込むことはできても、ぼくのところには抵抗があるらしい。

「外、出る？　少し歩くけど、大きい通りに出れば、ファミレスが――」

「いえ。大丈夫です。お邪魔します」

柏木は緊張した面持ちで部屋のなかに入ってきた。

高東を巡っての恋敵――その鈴を振るような笑い声が癇《かん》にさわると思ったことはあっても、いざ柏木とふたりで相対すると、ぼくはなんとなく緊張感が薄れてしまう。攻撃的なパワーを削がれてしまうというか、とにかくおっとりした雰囲気をもっている子だった。

話し声が隣に聞こえやしないだろうかと危惧したが、柏木は「成くんは留守でした」と告げる。

なにか飲む？　という問いかけに、柏木は首を振りながらテーブルの前にきちんと正座した。

「真野さん……成くんを助けてあげてください」

表面的には普段と変わらないものの、友人たちには高東が沈み込んでいることは知れ渡っていた。柏木も高東をなぐさめようとして一生懸命なのだろう。亡くなった妹のかわいらしい友達は、ぼくよりもきっと高東の心を癒してくれるに違いなかった。

「栗田さんってひとが、きっと『関西に行った友達』なんですよね。成くんの話を聞いてて、ピンときました。――真野さん、ほんとは栗田さんと成くんが好きなひとのこと、知ってるんじゃないんですか？」

「いや……」

ぼくが首をかしげても、柏木は知っているはずだと確信した目を向けてくる。

「ほんとうですか？」

「……知らないよ」

その日に限って、柏木はいつもと違った表情を見せていた。いつも大人しい子なのだが、意を決した顔をしている。

もしかしたらおそろしく勘がいいのかもしれない。どこまで知っているのだろうと考えると、ぼくもさすがに落ち着かなくなった。

「……わたしは、そのひとに、成くんのことをなんとも思ってないなら、きっぱりと突き放してほしいんです」

柏木の高東を慕う無邪気さは、たいていぼくにはほほえましく見えた。しかし、いきなり離れてくれといわれたら、眉をひそめるしかない。

「どうして？　……なんでそんなことを俺に？」

「いまの成くんを見てて、なにか感じませんか？」

高東は以前となにも変わらない。真野さんはなにも変わらない。ぼくとの関係も昔のままだ。なにも変わらず、親しい友人として、これからも……。

「なにを感じろって？」

「成くんを苦しめたくないと思いませんか」

柏木の口調は静かだったが、その目には糾弾するかのような強さが込められていた。

「成くんはまだそのひとのことが好きなんだろうけど……そばにいたら、いつまでたっても、成くんは亡くしたお友達のことを忘れられない。成くんは悪くないのに――でも、きっと成くんは栗田さんに悪いことをした、って思いつづけるんです。だから……距離を置いたほうがいいと思うんです」

それはぼくも本気で考えたことはあった。柏木がいろいろ悩んだ末にこんなことをいってきているのは理解できたが、あまりにも立ち入ったことではないかと正直思った。

「どうするかを決めるのは、高東だと思うよ。俺がどうこういえることじゃない」

柏木は「でも……」となにかいいかけて迷っているそぶりを見せた。「なに？」と問いかけると、やっとのことで苦しそうに口を開く。

「成くん、昔――泣いてたんです。妹の美緒ちゃんが亡くなったとき」

いきなり妹の話をだされて、ぼくは「え？」と目を見開く。

「……わたしが知ってる限り、成くんは美緒ちゃんにとてもやさしいお兄ちゃんだったんです。いつも仲がよかった。でも、美緒ちゃんが亡くなったとき、成くんがおじさんに泣きついてるのを見たことがあるんです。『僕は美緒に何度か意地悪をした』って――そんなの、聞いてみたら、たあいもない兄妹喧嘩みたいなものなんですよ。でも、成くん、本気で後悔してて。『死んじゃうんだったら、ずっとやさしくしとけばよかった』って……」

高東が何度か「俺はひどい兄貴だった」と語ったときのことを思い出した。「ありがとう。美緒のことを覚えててくれて」といったときの、やさしく切なげな声も。

高東は、取り返しのつかない後悔をすることを知っているのだ。それで、「後悔するな」と栗田にいった。

だからこそ……こんなにも栗田の死が重い。

「わたし……成くんがそういう想いに縛られるのを見るの、もういやなんです」

柏木は必死にいいつのった。いままでぼくにとって彼女は、「幼馴染みのお兄ちゃんに憧れている女の子」ぐらいの認識でしかなかった。

いくら高東が妹分としてかわいがっていても、ぼくにとってはよく知らない存在だったから、サークルの後輩のひとりに過ぎなくて——でも、その瞬間、彼女と高東の関係の背景にあるものが見えてきた。

高東が柏木に対して、気持ちには応えられないといいつつ、やさしいのはなぜなのか。どうしてあれほど高東は栗田のことを気にし続けているのか。根本は同じ理由だった。

高東が律儀すぎるところがあるということ——亡くなった妹の存在も知っている彼女は、高東のほんとうの姿をよく知っている。これ以上の理解者はいないのではないだろうか。もしかしたら、ぼくよりも相応しい……。

「——それ、高東に直接いわないの？　俺にいっても、なにも伝わらない」

普段、親しい人間以外にははっきりとものをいうほうでもないから、きつい口調に聞こえたのかもしれない。柏木が怯《ひる》んだ様子を見せたので、ぼくはあわててつけくわえた。

「いや……意地悪でいってるわけじゃないんだけど。どうして俺にいってくるのか、疑問で」

「いっても……成くんが欲しがってるのは、わたしの言葉じゃないから」

勘がいいというよりも、事実を察しているのかもしれなかった。

こうして訴えてくるのは、ぼくのことを高東と栗田の好きな「そのひと」だと思ってるから……？

「いまはそうでも、これからどうなるかわからない。頑張ってみたら――いいんじゃないかな」

友人としてのぼくならば、高東には柏木のような女の子が似合いだと考える。そうなるのが最良の結果なのではないだろうか。

それ以上の気持ちを抱いている立場で考えるとつらかったけれども――ぼくの顔を見れば、高東は過去を振り返ってしまうから。

「わたしは成くんに相手にされてない。それがわかってて、真野さんは意地悪をいうんですか？」

唇を嚙みしめる柏木を前にして、ぼくは弱りきって「そうではない」と訴えたかったけれども、うまい言葉が見つからなかった。

柏木の存在に嫉妬めいたものを感じたこともあった。きみと高東が並んでいる絵など見たくはない。そんな未来がくるのなら、時間が止まってしまえばいいと思ったこともあった。けれども、いまはもう――栗田の葬儀の晩、声にならない悲鳴を上げていた高東の姿を二度と見なくてすむのなら、ぼくはなんだって耐えられるのだ。

ぼくが許せないのは、彼が傷つくこと。いや、彼らが――高東と栗田が傷つくことだった。たぶんぼくたちは三人とも同じことを考えていた。みんなが傷つかないように……誰かが蚊帳の外にならないように――その結末がこれだ。

「高東のこと――俺にはなにもいえないけど、少なくとも、あいつはきみのことは大切にしてる」

「そのひとがいなくならないかぎり……無理です」

しゃべっているうちに興奮してきたのか、柏木の頬がわずかに紅潮した。

「そのひとは……ずるい。成くんが苦しんでるのに、なにもしてくれないんだもの。もっと成くんのことを元気づけてくれればいいのに」

ぼくにとっても栗田の死はショックだった。突然、背中を深く切りつけられたようで、その傷は生々しく、いつ癒えるかもわからない。

だから、いまは動くことができない。なんとかその場に立ち続けていることはできるけれども――動こうと思ったら、少しずつ進んでいくしかない。

哀しいことがあったときには、それも仕方ないと思っていた。哀しみたいだけ哀しめばいい。そういう時期があってもいい。高東もそれはよくわかっているはずだった。彼はきっと悲嘆に暮れたあとに――いくら振り返っても、あの頃には戻れないと気づく。

「――ひとりで哀しみたいときもあるんだよ。大切な友達だったんだ……。元気になれなくたって、しようがないときだってある」

「それは真野さんはそうかもしれないけど……成くんは……」

「高東は自分でちゃんと考えるやつだよ。いまだって、きみを心配させてることもわかっていて、どうしようかって考えてるよ。きみがそばにいたら、きっとそのうちに――」

「真野さんは、それでいいんですか？」

ぼくは思わず柏木の顔をさぐるように見つめる。先ほどからいつのまにか「そのひと」ではなく、「ぼく」が追い詰められている。柏木は自分のミスに気づいたらしくはっとした。

「ごめんなさい……。ほんとは……このあいだ、成くんから聞いちゃったんです。真野さんがそのひとだって。初めは信じられなかったんだけど……成くん、わたしには嘘つけないから――」

ぼくは「そうか」とためいきをつくしかなかった。

「……真野さんは少し変ですよ」

柏木はふくれた表情を見せた。

「わたしがあれこれいうのは、成くんが真野さんのことしか見てないから。……だけど、真野さんはそんなふうにわたしに『頑張ってみれば』っていえるのはおかしいです。薄情すぎます」

たしかにおかしいのかもしれない。ただ、高東が栗田の件で、ぼくとの関係を考えるのが苦しいというのなら、もうどういうポジションになってもよかった。親友でも、恋人でも――もちろんより近しい存在ならばうれしいけれども。

「……友達なんだよ。好きだって思う前から、友達なんだ。あいつは絶対に……立ち止まったままでなんかいないから。俺はそのことがよくわかるから」

柏木はやはり納得がいかないような顔をしていたものの、帰り際には「いろいろいって、ごめんなさい」と謝った。

その背中を見送りながら、ぼくはいつかの高東と栗田のやりとりを耳に甦らせていた。

(後悔するなって伝えてくれ)

(後悔なんかしない)

いま、ぼくの胸に重い意味をともなって深く――苦く響く。

重苦しい季節が過ぎて、春が巡ってきた。

数日間、あたたかい陽気が続いたせいで、今年は桜の開花が早いとニュースが告げていた。のんびりと昼近くまで眠っていると、せわしない物音で目を覚まされた。窓の外を見ると、引っ越しのトラックが道路の脇に寄せられていた。

学生ばかりのアパートでは、春になると、毎年ひとの入れ替えがある。卒業していく者、入学してくる者。

窓から差し込んでくる日差しが明るかった。昨日通りかかったとき、商店街の近くにある桜並木のつぼみがもうだいぶ膨らんでいたのを思いだす。生命を育む春の息吹が、もうすぐ冬の凍てついた空気を和らげて消し去ってくれるだろう。そうすれば、気分も少しは変わるかもしれない。やわらかい空気は漠然とした期待を抱かせる。

「真野、ちょっといいか？」

遅い朝食をとっているとき、高東がぼくの部屋を訪ねてきた。

高東は妙に明るい顔をしていた。これも春の日差しのせいだろうかと、眩しいような思いに目を細めていたら、いきなり用件を切りだされた。

「――引っ越そうかと思ってるんだ」

外は明るいのに、突如として暗闇に落とされたような眩暈《めまい》を覚えた。

「いまのトラック……そうか？」

あわてて窓の外を示すと、高東は「違う違う」と笑って首を振った。

「まさか。さっき、初めて不動産屋に行ってきたところだよ。けっこういいところがあったから……あともう何軒かさがしてから、検討してみようと思って」

「ここから遠いところ？」

「いや、全然。俺だって、学校から近いとこがいいし」

じゃあ、なんで、わざわざ――という言葉をぼくは飲み込む。

「少し、気分を変えてみようかと思うんだ。さっき、買い物にいったとき、すっかり日差しがあたたかくなってて……そういや、このアパートも引っ越ししてたなって思って、ぶらりと不動産屋に入ってみた。とりあえず真野には知らせておこうかと思って」

ぼくはなかなか返事ができなかった。

いつかはこんな日がくるんじゃないかと思っていた。そんなに離れていない場所なら、実際にはなにが変わるわけでもないのかもしれない。だが、わざわざそうするところに、高東の一区切りをつけたいという意思が表れていた。

「柏木には……？」

ようやく声を押しだした。彼女の存在が関わっていることなのだろうか。高東を次の段階に進ませたのは彼女なのか。

「いや、まだいってないけど。真帆が……真野につまらない話をしにいったんだろ？　ごめんな」

少しばかり居心地が悪そうな顔をして、高東は早々に帰ろうとする。ほんとうに「引っ越すつもりだ」という報告をしにきただけなのか。とっさに呼び止める言葉が見つからなくて、ぼくはとまどう。

――待ってくれ。

戸口のところで、心の声が聞こえたかのように高東は足を止めた。ぼくはあわてて立ち上がって、玄関へと駈け寄る。

「……終わりにするのか」

予想もしなかった言葉が口をついてでた。高東も目を丸くしてぼくを見つめる。

唐突かもしれなかったが、結局はそういうことだ。高東はぼくとの関係を終わりにしようとしている。

高東はしばらくぼくの顔を見つめていた。ともに過ごした季節のさまざまな情景を思い起こしているように、瞳がやさしく複雑な色合いを見せる。やがてそれらの記憶を断ち切るように、彼は目を伏せて笑った。

「……真野に初めて会ったとき、『美緒の初恋の男の子だ』って思ったんだ。もし、美緒が生きてたら、彼氏として紹介されたんだろうなって」

部屋の外からは、さわがしく引っ越しの音が聞こえてくる。友達が手伝いにきているのか、複数のひとの話し声も聞こえてきた。近いうちに、ぼくもああやって高東の引っ越しを手伝うのかもしれない。住むところが隣でなくなっても、友達であることには変わりがない。だけど……。

高東はどこか痛みをこらえるような表情でぼくを見つめた。

「――真野のことは……栗田とうまくいけばいいと思ったこともあった。いっそのこと、栗田でも俺でもなく、ほかの誰かとくっついてくれればいいと考えたこともあった。でも、正直なところ……俺のものにしたいと思ったこともあったんだ」

初めて聞かされる言葉だったが、驚きはしなかった。それのどこが悪いのだろう。誰も悪いとはいわない。高東もそのことはよくわかっているに違いなかった。

「そうなんだ……俺はたしかに栗田が真野を好きなら、あきらめるつもりだったけど――奪えるものなら、奪いたいと思ったこともあった。あきらめるっていいながら……真野に好かれたいって思ってたし――その気持ちは否定できない。そういうのって、どんなに隠しても伝わってしまうんだろうな。栗田は、俺がいなかったら、真野にちゃんと告白していたかもしれない。そう思うと、俺は――どうしようもなくなる」

高東はそこで大きく息を吐いた。

「栗田がいないと、抜け駆けしようにも……もうできないんだ」

はりつめた空気を、高東は自ら「――以上で、告白は終わり」と冗談めかした声で断ち切った。

「少し時間が欲しいんだ……いまは、真野のそばにいられない。好きだから……よけいに」

この場面で「好きだから」とはいわれたくなかった。高東の目にはぼくへの感情の昂《たか》ぶりなど欠片《かけら》も見られず、ただ穏やかな微笑があるだけだった。

「ほんとに好きなんだ。栗田にちゃんと『ごめん、俺も真野が好きなんだ』って告げられたら、それでよかったんだけど……でも、もうどうしようもない」

想いを吐きだすというよりは、それはもはやそういう気持ちがあった、という報告に過ぎなかった。高東はぼくがどう応えるかなど――考えてもいない。すでに過去形の想いとしてとらえている。

「栗田にもっと早くいえばよかったな。『ごめん。おまえも真野を好きかもしれないけど、俺も好きだ』って。あいつに殴られるなり、恨まれるなりすればよかった。そして、ふたりで並んで、真野に『どっちがいいか』って選んでもらえばよかったな」

もし、そうなっていたら、「俺はおまえを選ぶよ」――そう告げればよかったのかもしれない。だが、高東が「抜け駆けはできない」というのと同じ理由で、ぼくもまたその一言を口にはできなかった。

馬鹿じゃないのか。栗田はこんなことを望んでやしない。きっと「変なことに気を回すなよ」って笑われる。それがわかっているのに。

「――ありがとう。聞いてくれて。俺は、すっきりした」

部屋を出て行く高東を、ぼくは引きとめることができなかった。

(後悔するなって)

(後悔なんかしない)

どうしてこのやりとりが頭のなかでくりかえされるのか、その理由を考えたくはなかった。

それから数日、高東は積極的に不動産屋巡りをしていた。皮肉だけれども、これほど生き生きしている姿を見るのは久しぶりだった。

彼が望むのなら、親友でも恋人でもどちらでもかまわないと思っていたはずなのに、結局はそのどちらでもなくなってしまうのではないかと考えると、どうしようもない淋しさに胸がしめつけられた。

それでも、区切りをつけたいという高東を止めることなど、ぼくにできるはずがなかった。彼がいいというのなら……いい方向に自分で変わろうとしているのなら。

ぼくは黙って見守るしかない。そう決意したのに、なにか大事なことを忘れているような気がしてならなかった。いったいなにを——？　もやもやとしていた矢先、パソコンに知らないアドレスから一通のメールが届いた。

そのメールを見たのは、夜中にメールチェックをしているときだった。タイトルは『突然メールしてすいません』とつけられていて、差出人の名前は檜山真奈美《ひやまなみ》と記されていた。栗田と同じ大学の友人で、亡くなるまでアパートで一緒に暮らしていたという。

新しい引っ越し先で彼女と暮らしていたのか——。初めて知る事実に、ぼくは愕然とした。そういえば、「報告したいことがある」と栗田はいっていた。ひょっとして、彼女ができたと告げるつもりだったのか。

栗田に彼女がいた——？　一緒に暮らしていた？

思いがけない知らせに、マウスを握る手が震えた。

メールには、同居していたときに共有で使っていた栗田のパソコンに、ぼくへのメールが送信されないまま保存されていたと書かれていた。

失礼かもしれないけれども、中身を読んでしまい、お送りしたほうがいい内容だと思ったので送る——と。

最後にこんなふうに記されていた。

『真野さんと高東さんのことは、栗田くんからいろいろ聞いていました。近いうちに東京に一緒に遊びにいったら、紹介してもらう約束でした。わたしもまだ彼の死で混乱しています。このパソコンも、最近、ようやくさわる気になりました。メールを読んでしまったこと、怒られるかもしれないけど……彼もきっといつかはこのメールを出そうと思っていたはずです。その「いつか」はもうこないから……わたしが送ることにしました。不快に思ったら、申し訳ありませんでした』

送信されなかったメールの日付は、ぼくに「引っ越したから住所をメールで教える」と電話をかけてきたすぐあとぐらいの時期だった。あのとき自分の思いのたけを綴ったメールを送ると冗談のようにいっていた。ほんとうに書いていたのか。

メールの出だしは、『真野裕紀様』とちょっとかしこまったものだった。


『真野と高東のふたりにそれぞれ「話がある」といわれたので、俺も気持ちの整理をするためにメールを書くことにしました。

これは、俺が真野や高東に対して不義理な態度をとってきたことへのいいわけです。

どこから説明したらいいのか……俺がひとりで関西の大学を受けたのは、もちろん自分でいろいろ進路を考えた結果だけど、正直なところ、真野と高東から離れたかったというのもあった。

なんで？　って真野は怒るだろうな。なんでなのか、俺にもわからない。あのときはほんとにわからなかった。高東はいいやつだったし、真野もいいやつなのに……ふたりがだんだん親しくなっていくのが気に入らなかった。

卒業するとき、高東は俺に「後悔するな」っていってくれたけど、俺は——こっちにきて、少しだけ後悔した。ふたりを見たくないなんて理由で、逃げてきたことを。

もうきっとバレバレだろうから告白しておくけど、高校のとき、俺は真野が好きだった。だけど、決してどうこうしたいと思ってたわけじゃなくて、子どもみたいな独占欲だったのかもしれない。自分のものでいてくれたらいい。でもその気持ちに気づかれるのが怖くて、逃げだしてしまいたいような——その部分にふれられただけで痛くて悲鳴を上げたくなるような……そんな不安定な気持ちで、俺は真野が好きでした。

高東は……悲鳴を上げながらでも、真野のそばにいたかったんだと思います。そこが俺とは違った。高東は自分も真野に対して、なんらかの感情を抱いていたはずなのに、俺の背中を何度も押してくれた。でも、俺は一歩踏み出す勇気がなかった。俺は高東みたいにはできない。そう思ったから、よけいに。

真野と高東に「話がある」なんてあらためていわれたから、たぶんこのことなんじゃないかと思ってこのメールを書いたんだけど——当たってるだろ？

いつかはくるだろうな、と思っていたものが、とうとうきた、って感じです。

もし、高東が俺のことを気にしてるなら、それはもう必要のないことだから……俺がふたりを避けてるみたいな態度をとったことで、いやな思いをさせたなら、謝りたい。

いまでも、真野はともかく高東にこの話をするのは正直しんどい。だから逃げてる。でも、いつかはきちんとしたいと思う。

あのとき、「後悔するな」って伝えてくれた高東に、俺はどうしてちゃんと話をしなかったんだろう。なんで逃げてしまったんだろう。俺が一言いえば、ふたりは楽になれたのに。それがわかってたのに。

真野は俺みたいにならないようにしてください。時々素直だけど、素直じゃないときも多いから。

いまは俺にも一緒に暮らしたいと思えるような彼女ができたから……ほんとに気にしないでほしい。

また三人で会いたい。俺は——』

書きかけなのか、メールはそこで終わっていた。

読み終わったあと、ぼくは茫然《ぼうぜん》としたままパソコンの画面を見つめていた。

ずっと栗田と会って話をしたいと思っていた。

メールの一文一文と対話するように何度も読み返しながら、ぼくは堪えきれずに嗚咽を洩らした。

泣いたのはメールの文面のせいではなかった。かなしくなる内容ではない。栗田は誰も責めやしない。想像したとおりの姿がそこにあった。それがうれしいと同時に、やるせなくて涙があふれた。無性に栗田に会いたかった。

どうしてもっと早く――。

メールのなかで、ぼくに向けられた言葉のひとつひとつが、栗田の笑顔の思い出とともに心にしみこんでくる。

いったんは書きかけたものの、まだ話ができないと考え直して、栗田はぼくにこのメールを送るのをやめたのだろう。それでも、いつかは――もう少し時がたてば……と思っていたに違いない。

パソコンの画面を眺めたまま、ぼくはどれくらい時間を過ごしたのかわからなかった。ふと時計を見ると、午前二時を過ぎていた。

ぼくはふらふらと立ち上がって部屋を出た。高東に会いたい、と思った。会って、自分がいまなにを考えているのか、いままでなにを考えてきたのかを伝えたかった。

一番大切なことを忘れている。それがなんなのかようやく気づいた。

栗田がこのメールにしか記せなかったように、高東が「抜け駆けはできない」とずっと想いを秘めてきたように——ぼくにも、胸にしまいこんだままの想いがある。

いつかは……そう思っていても、明日には伝えられなくなることがあるかもしれない。そうしたら、胸の奥でせつなく疼くこの想いはいったいどこに消えるのだろう。一緒に朽ちてしまうのだろうか。

(高東は……悲鳴を上げながらでも、真野のそばにいたかったんだと思います)

今度はぼくが栗田に背中を押してもらっているようだった。

深夜だというのに、ぼくは隣の部屋のチャイムを鳴らした。一刻も早く高東に伝えたくてたまらなかった。

ほどなく高東が驚いた様子で顔をだした。「読んでほしいものがある」と告げて、ぼくは自室にきてくれるようにと頼んだ。

「栗田からのメールがあるんだ。同棲してた彼女が送ってくれた」

高東は「彼女？」とこわばった表情を見せた。部屋にくると、信じられない面持ちでパソコンの前に座り、おそるおそる目を凝らして、液晶の画面に見入る。

文面を読むうちにいつしかその横顔からは硬いものが消えて、とまどいや困惑が浮かびあがってきた。そしてしだいに憑《つ》き物が落ちたように——その眼差しが澄んで無防備な素顔をさらけだす。

高東は画面を怖いくらいに凝視して、メールをくりかえし読んでいた。彼もまた、こうして栗田と対話をしているに違いなかった。

やがて、うつむいて額に手をあてたまま、高東は動かなくなる。再び理不尽な哀しみにとらわれて、彼がその場から動けなくなってしまうかもしれない。ぼくは彼の肩にそっと手をおいた。

「高東。俺から……離れないでくれないか」

高東は驚いたように顔を上げた。ぼくはその瞳をまっすぐに見据える。

ぼくが彼を動かすことができるのなら……少しでも一緒にいい方向に連れてゆくことができるのなら。

ぼくたちの関係をもう以前のように考えられないというのなら、それでもいい。

ただ、ぼくはどんなかたちでもいいから——高東がずっとそうしていてくれたように、彼のそばにいたかった。どんなにつらくても、悲鳴を上げながらでも。

——このまま離れたくない。

「俺はこのまま、おまえにほんとうの気持ちを告げずに、もし明日死ぬことがあったら……後悔する。——俺から離れないでくれ……俺は、おまえが好きなんだ」

その一言を口にだしたら、自然と言葉があふれてきた。

「俺のそばにいてほしいんだ。いままでちゃんと伝えたことがなかった――高二の初め、おまえは、俺が通学路で無視してたって思ってるかもしれないけど、俺は、あの頃から……最初からおまえのことを見てた。苦手だって思いつつも、おまえのことが気になってて……ずっとずっと好きだったんだ。ほんとに気づいたのはあとになってからだけど」

どうしてぼくはあれほど高東を見ていたのだろう。過ぎ行く記憶のなかで、彼の姿をいつも頭のなかにとどめたいと思っていたのだろう。

自分のなかに名もなく静かに降り積もっていく想いのかたちを、いままではっきりと告げたことはなかった。

三人で一緒にいる頃は、ぼくがその気持ちを口にすれば、代わりになにかが壊れてしまうと思ったから。そして、いまも――「もう抜け駆けできない」といっている高東をさらに苦しめるかもしれなかったから。

でも、ぼくは――もう後悔したくない。

「俺はおまえが好きなんだよ。そばにいてくれ。おまえまで……離れていかないでくれ」

震える声で、何度もつかえるようにしながら、ぼくはやっとのことで告げた。

ようやくいえた――からだの力が抜けた瞬間、茫然としているような高東と目が合った。

ぼくたちは言葉もないままに、しばらく見つめあった。

栗田の笑顔が脳裏に浮かんでは消えていった。もうその姿には手が届かないから——ぼくは、いま現実につかめる手を離したくない。

高東はゆっくりと手をのばしてきて、ぼくの頬にそっとふれた。

どこかぼんやりとした顔でぼくを見つめたあと、パソコンの画面に映しだされているメールに目を移す。

再び向き合ったときには、その目ははっきりとした意思をもってぼくをとらえていた。

「——俺は、ひどい男だな」

高東は低く呟いた。

その声はいまにも消え入りそうに震えていた。ぼくは「そんなことはない」と即座に否定した。高東は「いや」と首を横に振る。

「俺は、これほど自分をひどいやつだと思ったことはないよ……」

ぼくたちの関係には消えることのないかなしみがつきまとっていて、できることならば、すべて無いことにしてしまいたい。

なかったことにしてしまったほうが楽だけれども——それでも背負いたいものはある。

なによりも気持ちがある。互いに想う心は無くならない。あってほしいと願っている。

苦しいのに。苦しくてたまらないのに。それでも欲しいと願う心は、どこから生まれてくるのだろうか。

ぼくのなかでいくつもの思い出が甦る。さまざまな場面が広がって、流れて、すべてはぼくと高東のあいだに還ってくる。ぼくたちの想いのなかに。

「だけど……好きだ。自分でもどうしようもない。真野が好きなんだ」

いきなり腕のなかに攫《さら》うように抱きしめられて、「あ」と声をあげるひまもなかった。頭をかき抱くようにされながら何度も「好きだ」と囁かれて、ぼくはそのたびに「うん」と頷いた。

「――離したくない」

その一言を聞いた途端、胸が震えて、どうしようもなくなった。うん……と頷こうとして、熱くなった眦《まなじり》からこらえきれずに涙がこぼれた。

高東はぼくの顔を覗き込むと、濡れた頰を指さきでなでて、輪郭をなぞった。ゆっくりと顔を近づけてきて、こわごわとふれるようにキスをする。少しかさついた唇の感触に、抑えたような息遣いに、心臓が破れそうなほど高鳴った。

「離したくないんだ――」

ぼくはもうなにも声がでなくて、無言のまま頭をたてに振るしかなかった。

高東はあらためてぼくの背中に腕をしっかりと回して抱きしめる。

ぼくたちはしばらく抱きあったまま動くことができなかった。

高東は時折ぼくの顔を見つめては、わずかに潤んだ目でなにかいいたげにして、言葉の代わりにキスを唇に落とした。

ふたりとも同じことを感じている。目を見れば、それがわかった。だからなにもいわなくてもよかった。


栗田の思い出話をした。ただなつかしく、いとおしい——だから、話さずにはいられないというように。

話をしているうちに、ぼくはいつのまにか畳に寝転がったまま眠ってしまった。

夜中に一度目を覚ましたときには毛布がかけられていて、高東も隣に寝ていた。ふれあっていなくても、かすかな熱が空気のなかを伝わってくる。

その熱を抱きしめるようにしながら目を閉じて、深い眠りに沈み込む。

夜明け前、薄闇のなかで目覚めると、高東はすでに起きていて、ぼくの隣に座っていた。

顔を見上げるなり目が合って、寝顔を見つめられていたことに焦ってしまう。

「まだ早いよ」

声をかけられて、ぼくはもう一度目を閉じようとしたけれども、高東の視線が気になった。じっとこちらに注がれる目。

「眠れないのか」

ぼくがたずねると、高東は薄く笑う。

「真野が隣にいるのに、落ち着いて眠れるわけない」

冗談めかした調子だったけれども、ぼくに向けられるわずかに熱を帯びた瞳がその本音を伝えてきた。

高東はぼくに視線を合わせたまま、ゆっくりと手を伸ばしてきて、頬を指で軽くはじく。

途端に全身が緊張して、ぼくは目を閉じるわけにもいかず、高東の顔を見上げる。見つめあっているうちにぼくのからだがこわばっていることが伝わったのか、おかしそうに笑われる。

「怯えなくても、なにもしやしない」

高東は、もう一度ぼくの頬を悪戯っぽくつつく。

軽くふれられたところから熱がじわじわと広がっていく――不可測な、その衝動。

ぼくは考える間もなく、腕を伸ばして高東のシャツのすそを引っぱった。「え」と息を呑む気配がした。高東は上体をかがめて真意をさぐるようにぼくの顔を覗き込む。

どう伝えたらいいのか――なにもいえなくて泣きそうに顔がゆがんだ。頬が痛いほどに熱くなるのを感じているうちに、高東はその想いを読みとってくれたらしかった。

「……平気?」

低く、耳に溶けるように入り込んでくる確認の囁きは、からだの奥まで響く。

うん……と頷いたら、高東は少し息を乱して、ぼくの耳もとに唇を押しつけた。いきなり耳朶《じだ》を嬲《なぶ》るように舐《な》められて、刺激の強さにからだがビクッと怯えたように震えてしまった。

高東は唇を押しつけたまま、なだめるようにぼくの髪をなでる。

「……怖くないように——今日はそんなにしないから」

だから……と許しをこうようにきつく耳もとを吸われる。

明け方の澄んだ空気のなかで、ふれあった場所から濃密ななにかが流れてくる。欲望が混じりあううちに、静寂さは失われ、吐きだす息は熱をともなって、意識は理性を塗りつぶすように濁っていく。それが不安で、同時に心地よかった。

少しふれられるだけで電気が走ったみたいに反応した。自分のなかでもっとも熱い部分を意識する。

緊張感に耐えかねて逃げようとすると、高東は追うように後ろからおおいかぶさって抱き込んでくる。背中から脇をなでて——シャツの裾から直《じか》に手を入れられる。

「あ——」

身をよじると、背中からがっちりとつかまえられて、首すじにキスをされる。心臓の鼓動がどうにかなってしまいそうだった。疼きの中心はますます熱をもっていく。

「じっとしてて」

高東はぼくの耳もとに囁く。

いわれたとおりにしようとしても、シャツに入り込んでいる高東の指が胸の先のやわらかい部分をさすったりするので、じっとなどしていられなかった。「や……」とその手を押さえようとしても、突起をいじるのをやめてくれない。

「痛い？　痛いようにはさわってないけど」

耳朶を食まれながら、興奮にかすれた声で問われる。

たしかに痛くはないけども——そう答えることもできなかった。

高東はぼくのからだの向きを変えて、今度は真正面から抱きしめた。シャツの前をはだけさせられて、先ほど指でいじられた部分を舌先でつつかれる。

「痛い？」

舐められて、やさしく吸われて——痛いわけがない。

ぼくは顔が真っ赤になるのを感じながら、声を殺してかぶりを振った。羞恥心《しゅうちしん》で頭の血管が切れそうだった。

じっとしてればいいから……と、あやすように何度も囁かれて、肌の上を這《は》う舌を拒めなくなってしまった。執拗に舐められるので、気が遠くなりそうになる。

やがてズボンの股間《こかん》をさぐるように揉《も》まれた。ぐいぐいと力を入れられて、一気に快感が突き抜ける。

「あ――ちょ……」

胸にキスをされながら、下着のなかに手を入れられて、じかに先端をこすられた瞬間、思いがけず熱を解放してしまった。

荒い息を吐いていると、高東が満足そうに迸《ほとばし》りで濡れた手とぼくを交互に見つめる。

「――真野のイクところ、かわいいんだな」

顔から火がでそうだった。暗いので、赤くなっているところを見られないだけでも幸いだった。

からかうように耳もとにチュッとキスをされても、文句をいうこともできない。そのまま全身に力が入らなくてぐったりしていると、着ているものをていねいな手つきで脱がされた。勢いよく脱がしてくれればいいのに、ゆっくりとした手つきでされると、心臓の鼓動が落ち着かない音をたてる。

高東が自ら身につけているものを取り払うときの動きはすばやかった。

裸になって、あらためて抱きあったときには一瞬だけほっとした。

ぼくを見下ろす目はあくまでやさしかったけれども、潤んだ瞳に熱っぽい欲求が見てとれる。

吸い寄せられるようにキスをした。まるで磁石みたいに、一度合わせたらくっついて離れない。キャンプのときに初めてキスしたように、何度も唇が吸いつく。まるでこうして接触していることが自然だというように。

唇が離れて、目が合うたびになにかいいたくなった。でも、いえなかった。

なにかいったら、限界まで込み上げてきているものが、あふれてしまいそうだったから。

男同士でどういう行為をするのかひそかに学習していたつもりだったが、実践ではまったく役に立たなかった。

このまま相手にいいようにされるのも癪な気がして、ぼくは思いきってたずねる。

「……なにかする？」

高東は驚いたように瞬きをしたあと、困った様子で唇の端をあげた。

「してくれるの？」

手を下に引っぱられたので、促されるままにはりつめているものに指をそえて動かした。

高東の口から、抑えたような息が洩れる。その吐息から伝わる熱が肌から奥へと染み入ってきて、からだの内側を火照らせる。

「気持ちいい……？」

高東は少し照れくさそうにぼくを睨んできた。

「いいけど――」

いきなり不意打ちのように窒息しそうなキスを浴びせかけられて、身動きがとれなくなる。

高東は再びぼくの股間のものをとらえて、感じやすいところを強く刺激する。それまでなるべく声を殺そうとしていたが、もう限界だった。

高東も興奮しているのか、ぼくの耳もとで低く呻いたので、声をあげてもそれほど恥ずかしいとは思わなくてすんだ。

「真野——」

いやいやとかぶりを振るぼくを押さえつけるようにして、高東は首すじや胸もとにキスを散らす。甘ったるい愛撫《あいぶ》に全身がとろけそうだった。自分じゃない声をあげてしまいそうで怖くなる。

「や……や、だ——」

からだを丸めて逃げようとしても、後ろから抱きしめられて、しつこく胸の突起をさぐられる。

そこをいじられて声をあげてしまうのは、下半身をさわられるよりも恥ずかしい気がした。

耳もとにおかしそうな笑いがぶつかる。

「真野——さわらせて？」

耳朶に火傷しそうな熱を感じながら、ぼくは頑固に首を振るしかなかった。

高東が達してくれたら終わるだろうと考えて、再びそれに手を伸ばそうとしたけれども、あっさりと「いいから」と押さえつけられた。

代わりに、高東は発熱しているようなからだを押しつけてきて、ぼくの足を開く。あられ

もない格好にされて、奥深い部分まで指でさぐられる。

最初に「今日はそんなにしないから」といわれたのは、最後まではしないという意味だと思って油断していたので仰天した。

やめてくれ、といおうとしたけれども、逃れようと身をよじるたびに、高東が切羽詰まった様子で何度もキスを浴びせかけてくるので、力が抜けてしまって抗うことができなかった。

「ゆっくり……ゆっくりするから……」

懇願するように囁かれて、ぼくは身を任せるしかなかった。

指で丁寧にほぐされて、ゆるんだ場所に高東の硬い熱が押しあてられる。

何度も「平気？」とたずねられて、とてもやさしくしてもらったけれども、言葉にはだせないだけで、ほんとうは平気なんかじゃなかった。

ただ、ぼくにかさなってくる高東のからだが熱くて——その動きのひとつひとつから情熱が伝わってきて……いとしすぎて、胸が苦しくなる。

「あ——」

熱い塊が体内に埋め込まれて、別の意思をもっているように動く。

意識が遠のきそうだと思いながらも、ぼくはされるままになって、その律動に揺さぶられた。

痛みは、唇に落とされるキスと、耳もとに何度も吹き込まれる囁きで打ち消された。

好きだ……という声に抱かれているみたいだった。

高東の熱がからだの奥で弾《はじ》けた瞬間、ぼくは首に回した腕にぎゅっと力を込めたまま、全身を突き抜ける甘さに息が止まりそうになった。


再び目覚めたのは昼過ぎだった。もう日も高くなっているようで、窓からの日差しが眩しかった。

高東のほうがやはり先に起きていたけれども、少し決まりが悪そうにしていて、ぼくの顔をろくに見ようともしなかった。

ぼくが「いつ起きた？」とたずねても、照れくさそうに視線を落として「さっき」と答えただけで、窓に目を向けてしまう。

明け方の状況を考えれば、ぼくのほうが顔を見られない状態でもおかしくないと思うのだが、高東がそんな態度なので、恥じらうタイミングを逸してしまった。

「……大丈夫？　からだ」

遠慮がちにたずねられて、ようやく時間差で頬がじわじわと熱くなった。

やはり昨夜は最後までするつもりはなかったのに、途中から我慢がきかなくなったことを気にしているらしかった。

「平気……。俺、からだは丈夫だから……」

照れ隠しでそう答えると、高東はほっとしたように「そっか」とうつむいて笑った。

ぼくも目のやり場に困って窓のほうを向く。

いい天気だった。晴れやかな青い空がのぞけている。硝子《ガラス》越しに差し込んでくる光はどこまでも澄んでいて、明るく部屋を照らす。きらきらと埃《ほこり》の粒子が舞っているのが見えた。畳は日差しの熱でほんのりとあたたまっていて、季節が変わったことを実感する。窓を開けてみると、頬をなでる空気はもうすっかり春のやわらかい匂いに満ちていた。

照れくささがなかなか消えないので、とりあえず食べるものを買いにコンビニへでも行こうかと考えたときだった。

上着を羽織ろうとするぼくを見て、高東が声をかける。

「真野――桜を見に行こうか」

いきなりの思いつきだったのか、高東はどこの桜を見に行くのかも告げないまま、部屋を出るようにせかした。

途中で軽い食事をとってから、電車に乗った。いくつかの路線を乗り継いで、見慣れた地元の駅に辿り着いた。父親の車を借りるというので、いったん高東の実家に寄る。助手席に乗って、走る車窓から街の風景を眺めていると、あちらこちらに植えられている桜が満開になっていた。平日だったが、春休みに入っているので、それなりに人通りも多くにぎわっている。

高東が「真野も実家に寄る？」と訊いてくれたけれども、いまは一番家族の顔など見たくなかった。

ぼくはいささか機嫌が悪くなっていたが、反対に運転席の高東の表情はいつのまにか晴れやかになっていた。

「いったいどこに行くんだ」

その答えはまもなく明らかになった。見覚えがある風景をいくつも通り過ぎて、何度もくりかえし歩いた記憶のある道路を車は走っていた。ぼくたちが通っていた高校への道。

「ああ、やっぱりちょうどいいころだな。きれいに咲いてる」

正門に続く坂道がはじまる手前で、高東は車を路肩に止めた。

車内からも、その見事な桜の枝ぶりは見えていた。ぼくは車を降りて、宙を仰ぐ。

目に眩しい白。満開の桜並木——。

高東はゆっくりと坂を登っていった。ぼくもあとに続く。桜は、咲いていないつぼみを探すのが難しいほどきれいに咲き誇っていた。

「春だな」

そう呟いた高東の横顔が、記憶のなかの風景に重なる。いつだったか、背景の桜ごと、この顔を切り取りたいと思ったことがあった……。

　高東がふいに前を向いたままいった。

「真野にひとつ訊きたいことがあったんだ。以前、真帆をけしかけるようなことをいっただろう？」

「けしかける？」

「あいつが俺にいってきたんだ。『真野さんに「頑張れば？」っていわれた』って。どうしてなんだ？　本気で俺と真帆がつきあえばいいと思ってた？」

　そんなことまで伝わっていたのか。ひょっとしたら、高東がぼくからいったん離れると決めたのは、それも一因だったのか。責められているのだろうかと、ぼくは頭を悩ませた。

「そうじゃない。あのときは、そのほうがいいと思ったんだ。柏木はほんとにおまえのことが好きで……頑張りそうに見えたから……あの子が一生懸命になって……それでおまえが楽になれるなら、それでもいいって」

　高東は憮然とした表情で「複雑だな」と呟く。

「こういういいかたは……マズイのか。べつに愛情が薄くて、おまえのことを柏木にやってもいいって思ったわけじゃないんだぞ。それにいまは……そんなふうに思ってない。おまえは俺の……」

　誤解されると不本意なので精一杯のいいわけをすると、高東は小さく噴きだした。

「いや……いいよ。真野らしくていい」

春の少し強い風が、桜の枝を揺らした。花房のひとつひとつが、仄《ほの》かな白い光を放っているように見えた。透き通るような淡い花びらの光が、ひらひらと風に乗って舞う。その動きにつられるようにして、行方を目で追った。

ぼくの隣に並んで立って、高東はゆっくりと頭上の桜を見上げる。

「俺はこんなふうに浮かれた気分になってはいけないって思ってた。もう駄目なんだって――」

宙を見上げたまま、その横顔が桜の白い光に目を細める。

「真野を好きでいちゃいけないって思ってた。だけど……好きでいてもいいか」

高東がこちらを振り返った。今日初めてまっすぐに顔を見たと思った。ぼくは目をそらさずに頷いた。

「好きでいてくれなきゃ……困るよ。駄目だなんていうなよ」

そう――駄目なんてことはない。

こうしてお互いが生きている限り、駄目になることはないのだ。

以前、桜が満開になるのは天然のくす玉だ、と高東はいった。

いまはそれを信じたい。季節が巡るたびに哀しみは薄れるのだと――祝福は訪れるのだと。

ひらひらと舞う桜の花びらが、思い出のひとつひとつの輝きのようだった。そのうちの一枚を目で追っていて、アスファルトの上に視線を落とした途端に視界がぼんやりと曇った。

行き過ぎる記憶のなかを、ぼくたちはいま歩いている。

心は、記憶に宿る。互いに交わした言葉のなかに。ともに見た風景や、ともに過ごした空気のなかに。重なりあったぬくもりのなかに。

長い長い時間のなかに、まばたきする一瞬のあいだに、まるで蜃気楼《しんきろう》のように——その瞬間、そこに在ったことが奇跡だとでもいうように。

消えてしまわないように。なくさないように。だから必死に手を伸ばして胸に抱きしめる。

いくつもの場面のなかに散らばって、溶けて。ひとつひとつのかたちも色も自分では思い出せないほどのものがいくつも積み重なって——それがいまのぼくをつくっている。

だから、なかったことになどできはしない。大切に抱きしめる。過ぎ去った季節も、失った想いも——。

(真野！)

記憶のなかを旅するうちに、栗田に呼ばれたような気がして、ぼくはあわてて振り返った。すぐに気のせいだと気づく。誰に呼ばれるわけでもないのに……坂道をのぼる足を止める。

「……真野？」

高東も立ち止まって、なにかを感じとったのか、ぼくの後方をじっと見ていた。ぼくは「なんでもない」と答えようとして、声が詰まってしまった。

気まぐれな春の風に揺れる桜並木の途中で、うつむいた途端に閉じた瞼の裏が熱く潤んだ。

これからも毎年、ぼくと高東は桜を見るだろう。だけど、きっといつも思う——あの頃の桜が見たい。あの頃の風景に出会いたい。

瞼を閉じれば浮かんでくる、なつかしく、やさしい光。

校門へと続く道。うつむきながら歩いて、アスファルトに散った花びらを眺めていた。そして、目線を上げた一瞬の——。

あの桜並木が、ぼくたちの目にきっと一番美しく焼きついている桜に違いないから。

あとがき

はじめまして。こんにちは。杉原理生です。

このたびは拙作『光さす道の途中で』を手にとってくださって、ありがとうございました。

桜並木を書きたくて考えたお話でした。桜の下を、少しふてくされたような顔をして歩いている男の子。その情景からイメージを膨らませました。

春は、文章で描写するのが好きな季節です。やわらかくてあたたかい光と、おろしたての服みたいにパリッとした緊張感がゆるやかに混在している空気を表現するのが好きなのです。

さて、お世話になった方に御礼を。

イラストを描いてくださった三池ろむこ先生、「三池先生の絵で学生ものを……」との念願が叶いまして、とても嬉しかったです。こちらからお願いをしておきながら、いろいろとご迷惑をかけて申し訳ありませんでした。カラー、モノクロともに魅せる構図で、出来上がりのイラストを見たときには感激しました。表紙の高校時代の真野の表情が、頭のなかに思い浮かべたとおりで特にお気に入りです。お忙しいところ、素敵な絵をありがとうございました。

お世話になっている担当様、いつものことですが、今回は特にご迷惑をかけました。「必ずお送りします（延ばしてもらった〆切までに）」と電話で話しながらも、今回ばかりはまったく出来上がる自信がなかったという——そんな不甲斐ない状態だったので、その後の進行がさぞかし大変だったことと思います。次回こそは〆切前に原稿をあげるように頑張ります。

そして最後になりましたが、読んでくださった皆様にもあらためて御礼を申し上げます。関係者の方々に助けていただきながら、こうして今回もなんとか本を出すことができました。以前から形にしたいと思っていた作品なので、読んでくださった皆様にも気に入っていただければ幸いです。

大好物の同級生ものです。書きやすいタイプなので楽しかったのですが、なかなか色気をだしにくい……。そういうところも含めて自分的には好みではありますが。なんでもないようなことをいいあって笑っている男の子たちを書くのが好きです。

感想などありましたら、是非聞かせてやってください。

杉原　理生

✦初出　光さす道の途中で……………………書き下ろし

杉原理生先生、三池ろむこ先生へのお便り、本作品に関するご意見、ご感想などは
〒151-0051 東京都渋谷区千駄ヶ谷 4-9-7
幻冬舎コミックス　ルチル文庫「光さす道の途中で」係まで。

幻冬舎ルチル文庫

光さす道の途中で

2009年3月20日　第1刷発行

✦著者　杉原理生　すぎはら りお

✦発行人　伊藤嘉彦

✦発行元　株式会社 幻冬舎コミックス
〒151-0051 東京都渋谷区千駄ヶ谷 4-9-7
電話 03(5411)6432［編集］

✦発売元　株式会社 幻冬舎
〒151-0051 東京都渋谷区千駄ヶ谷 4-9-7
電話 03(5411)6222［営業］
振替 00120-8-767643

✦印刷・製本所　中央精版印刷株式会社

✦検印廃止

ISBN978-4-344-81610-7　C0193　Printed in Japan